나는
인내심 강한
영어선생님입니다

나는 인내심 강한 영어선생님입니다

성낙영 지음

이담
Books

내가 학생이었을 때 영어를 배우려면 인내심이 있어야 한다는 말을 들었었다. 그리고 학생의 신분을 벗어나 스스로 영어를 익힐 때도 그 말이 옳다고 여겼었다. 심지어 영어교육을 시작했을 때조차도 영어 습득엔 인내심이 필요하다고 학생들에게 그렇게 말했었다.

그러나 인내심은 배우는 학생보다 가르치는 선생에게 더 필요하다는 것을 교육 경험이 늘어갈수록 점점 더 느끼게 되었다. 그렇게 18년 동안 어린이부터 시니어까지 영어를 가르치며 나의 인내심 또한 그만큼 자랐던 어느 날 신문에서 이주윤 작가가 쓴 엄마의 영어 공부, "인내심 강한 선생님 부탁해요"라는 글을 읽었다.

"인내심 강한 영어선생님"에 절대적으로 공감한다. 그리고 나의 영어교육 경험을 떠올리며 "학생의 영어는 선생님의 그윽한 인내심과 함께 자란다"는 말을 덧붙이게 된다.

Part 4. 내게 온 영어

Part 5. **영어교육**

Part

1

인내심의 발로

1
인내심 강한 선생님 부탁해요

엄마의 영어 공부, "인내심 강한 선생님 부탁해요"

엄마는 비행기 타고 바다를 건너 먼 나라에 가기를 좋아한다. 아침저녁으로 밥상을 차려 내는 굴레에서 벗어나 다른 이가 차려 놓은 조식을 먹고 있노라면 그렇게 꿀맛일 수가 없단다. 아쉬운 게 하나 있다면 짧은 영어 실력 탓에 가이드의 뒤꽁무니를 졸졸 쫓아다니는 단체 여행객 신세를 면치 못한다는 점이란다. "아유, 나는 배낭여행 같은 거는 할 생각도 안 해. 이 나이에 무슨. 그냥 카페에서 따뜻한 커피 한 잔이랑 설탕 하나 달라고 말할 정도만 되면 그만이야." 엄마는 그 꿈을 이루기 위해 주민 센터에서 운영하는 영어 교실에 다니고 있다. 카세트테이프에서 CD를 거쳐 MP3로 영어 듣기 연습을 하고 있으니 꽤 오랫동안 공부해 온 셈이다. 그럼에도 알파벳 '에이'를 '예이'라고 발음하는 걸 보면 그동안 도대체 무얼 배웠는지는 모르겠다.

갈 길이 구만리라 안 그래도 바빠 죽겠는데 세상이 엄마의 발목을 잡고 늘어졌다. 모두의 건강을 위해 주민 센터 영어 교실이

무기한 휴강에 들어간 것이다. 집구석에 들어앉아 멍청하게 시간을 보내다가 치매에 걸리는 건 아닐까 겁이 난다는 엄마의 말에 나 역시 덜컥 겁이 났다. 학원이라도 다니라고 했더니 비싸서 싫단다. 독학이라도 하라고 했더니 '작심삼분(作心三分)'이란다. 그럼 전화 영어라도 해보겠느냐 했더니 옳거니 그건 괜찮겠단다. 인터넷에 서툰 엄마를 대신해 회원 가입을 진행했다. 빈칸에 아이디, 생년월일, 전화번호를 차례로 입력하다가 영어 이름 부분에서 손이 멈췄다. "엄마, 영어 이름이 뭐야?" 전화를 걸어 물었다. "베로니카. B, E, R, O... 아니, 잠깐만. 'B'가 아니라 'V'인가?" 요구 사항을 기입하는 칸에 '인내심이 강한 선생님으로 연결 부탁드립니다.'라고 적어 넣은 후 신청 버튼을 눌렀다.

그로부터 얼마 지나지 않아 엄마에게서 수업 내용이 녹음된 파일을 전달받았다. 못난 자식의 성적표를 받아 든 부모의 마음이 이와 같을까. 걱정 반 호기심 반으로 파일을 재생했다. 선생님은 엄마의 나이, 좋아하는 음식, 영어 이외 다른 언어를 공부한 적이 있는지 물었다. 하지만 엄마는 어떠한 질문도 맞받지 못하고 같은 말만 되풀이했다. "으음, 아임 쏘리~ 어게인~ 슬로우~" 엄마는 이러한 말을 하고 싶었을 터이다. 정말이지 미안하게도 당신의 말을 알아듣지 못했어요. 제가 내일모레 칠십인지라 영어를 공부하는 일이 쉽지가 않네요. 그래도 이대로 포기하고 싶지 않아요. 무척 번거로우시겠지만 다시 한 번 천천히 말씀해 주실 수 있을까요? 엄마의 간절함을 알아챈 선생님은 "괜찮아요, 베로니카. 당신은 최선을 다하고 있잖아요. 그렇죠?" 하며 격려의 말을 아끼지 않았다. 그러자 엄마가 멋쩍게 웃으며 대답했다. "어게인~"

엄마는 스스로가 한심하다며 망연자실했다. 그러나 실망도 잠시, 될 때까지 해보겠으니 다음 수업을 신청해 달란다. 나는 엄마에게 응원의 말을 전하고 싶었다. 엄마의 말문이 열릴 때쯤이면 하늘 길 또한 활짝 열릴 거라고. 기약이 없기는 하지만 그날이 오기를 손꼽아 기다려 보자고. 그렇게만 된다면 엄마랑 나랑 비행기 타고 바다를 건너 먼 나라에 가자고. 사이좋게 팔짱을 끼고 하염없이 거리를 걷다가 다리가 아프면 카페에 들어가자고. 그러고는 그동안 갈고닦은 영어로 따뜻한 커피와 설탕을 주문해 달라고 말이다. 이왕이면 멋들어지게 영어로 이야기하고 싶었으나 이를 어쩌나, 나 또한 엄마를 닮아 영어를 못하는 걸. 나는 이 모든 말을 뭉뚱그려 '콩글리시'로 말했다. "베로니카, 파이팅!" 나의 말을 찰떡같이 알아들은 엄마가 활짝 웃으며 대답했다. "땡큐!"

조선일보 오피니언 [밀레니얼 톡] 2020.08.17

2
열정이라고 불러다

영어를 가르치게 되면서 10년 가까이 겪었던 경제적 고난에서 벗어났다. 그리하여 그에 대한 감사로써 나를 찾아준 학생들에게 최선을 다하겠다는 마음가짐을 갖고 학생들이 영어를 좋아하고 언젠가는 영어를 하게 되는 사람으로 만들어주겠다는 것을 목표로 삼았다. 그러면서 학생 한 명 한 명에게 열정을 쏟다 보니 학생마다의 특성에 맞게 각기 다른 교육방법을 적용하느라 내 자신부터 인내심을 가져야만 했었다.

언어란 소통을 위한 것으로서 소통하려면 사람들 사이에 언어가 공유되어야만 한다. 그러기 위해 그 언어에 사용되는 어휘들과 규칙들을 잘 알아야 하는데 우리가 영어를 배운다는 것은 바로 영어를 사용하는 사람들과 소통하기 위한 것으로서 그들이 사용하는 어휘와 규칙들을 익히는 것이다. 그것이 일반적인 논리로서 그것을 모르는 교육자나 학생들은 없을 것이다.

그런데 우리가 그 말처럼 노력한다고 해도 영어 습득이 그리 쉽지 않은데 그 이유는 무엇일까?

부모님을 비롯한 모든 어른들도 모두 그런 것을 경험했음에도 불구하고 학생들에게 열심히 하라고 우선 강요하면서 사교육에 의존하게 하는 것이 해결책이라는 보편적 생각을 갖고 있기도 하다. 그래서 많은 사람들이 그렇게 하려 하거나 그렇게 하고 있음에도 바람직한 결과가 도출되지 않는다.

　어떻게 하면 힘들지 않게 익힐 수 있을까?

　19년 나의 영어교육 경험 특히 초창기 나의 열정을 되돌아볼 때 영어 습득의 관건은 학생의 자세도 중요하지만 더 중요한 것은 가르치는 사람의 마음가짐에 달려 있기 때문이라고 말하고 싶다. 내가 영어교육 초창기에 가졌던 마음의 자세는 열정이었다.

　그 열정은 나의 능력을 보여주는 것이라기보다는 먼저 학생이 영어를 받아들일 수 있도록 분위기를 만들어주면서 동시에 일정 수준까지 능력을 살금살금 확장시켜 주려고 애쓸 때 생겨났다. 그런 다음 학생이 생각하는 우리말을 영어로 바꿀 수 있는 원리를 알려주어 학생이 그것을 깨닫고 스스로 익힐 수 있을 만큼 자랐을 때 비로소 열정이 기쁨으로 바뀌었다.

　그렇게 되기까지 나에게는 더 많은 인내가 필요했었는데 그것을 내 제자들과 부모님들은 나의 열정이라고 불렀다.

3

인내와 겸손은 함께 한다

영어교육이 9년 정도에 이르렀을 때 어느 백화점 문화센터에서 성인들에게 팝송영어를 강의하게 되었다. 백화점에서 마련하는 그런 프로그램은 매출을 늘리려는 영업 전략의 한 방법이지만 그렇다고 높은 수준의 강사를 원한다거나 수강생들의 능력을 높여주기 위한 계획은 없는 것 같았다. 하지만 난 그런 전략이나 강사료에 상관하지 않고 백화점 측에서 나의 학생들을 모아준 것에 감사하며 오로지 수강생들이 영어를 익히는 데 도움을 주기 위해 최선을 다했다.

그런데 그 강의를 신청한 수강생들의 대부분이 50대 이상의 여성들로서 수업에 관한 모든 것이 나의 영어교습소에서 영어를 배우는 학교 학생들과는 완전히 달랐다. 문화센터 수강생들의 경우 팝송을 부르려면 먼저 영어 가사를 익혀야 하는데 가사에 대한 설명을 해주어도 지나가면 바로 까먹는 것이 마치 머릿속에 연필과 지우개를 동시에 사용하는 것 같았다.

그런 그들의 머리에 영어와 팝송을 담을 수 있도록 도와준다는 것은 내가 직접 바위에 글자를 새기는 것만큼 힘들었다. 그래도 인내심을 갖고 반복에 반복을 하며 연습시켰더니 한 학기가 끝날 때 팝송 한 곡을 제대로 부를 수 있게 되었고 그 팝송에 들어간 영어단어들의 뜻과 팝송 가사도 모두 알게 되면서 그 단어들을 이용한 다양한 표현도 할 수 있게 되었다.

그렇게 인내심을 발휘하는 과정을 겪으며 수강생들이 만족하는 결과를 만들어내자 그것이 성인들과 함께 하는 또 하나의 교육방법이 되었다. 그들과의 수업을 통해 깨달은 것은 어제와 내일은 잊고 오직 만난 지금에 열중하는 것이 가장 중요하다는 것이었다. 바로 그렇게 마음먹었더니 다음 학기부터는 마음이 편해지면서 나도 그들과 함께 그렇게 즐기게 되었다.

그런데 얼마 뒤부터 나의 머리에 변화가 생기기 시작했다. 오후의 학교 학생들과의 수업은 빠르게 진행되니 내 머리의 회전도 빨라지는데 오전의 성인 수업은 느릿느릿 진행되니 머리 회전도 늦어지면서 휴식을 취하고 싶은 생각이 찾아들었다. 그러면서 나의 머리가 쉽고 편한 곳을 선호한다는 것을 느낄 수 있었는데 그로 인해 나태라는 것이 찾아와 학교 학생들에게 공을 들이며 쌓았던 탑이 무너져 가고 있었다.

정신을 바짝 차렸다. 배고픈 사자가 비록 한 마리 작은 토끼를 사냥하더라도 전력을 다하듯이 그런 마음가짐으로 성인들과의 수업에도 더 많이 생각해내고 더 열심히 임했다.

사실 문화센터 수업에 참여하는 대부분의 수강생들은 그들 스스로 영어 습득에 어려움이 있다는 것을 인정하면서 겸손한 마음을 가지고 있었다. 비교적 생활에 여유가 있는 그들이지만 그래도 무엇인가를 배우겠다는 생각으로 실천한다는 것에 오히려 내가 배울 점이 더 많았다.

그들은 해외여행 등을 체험하며 영어 사용의 필요성을 느꼈었기에 다시 영어를 배우겠다고 나섰다고 했다. 그러면서 그들은 귀에 익은 팝송의 멜로디와 가사를 접하면서 우선 영어를 익히려는 자세를 갖고 싶었던 것이었다.

난 그렇게 시작했던 성인들과의 수업을 확대했다. 인천을 넘어 서울과 서산 등에 가서 팝송영어뿐만 아니라 명작소설 영어도 강의하면서 나의 교습소 내에서도 오전에 주부들을 대상으로 하는 강의를 개설했다. 그러면서 나의 인내력과 겸손함도 함께 자랐다.

Part

2

인내심이 필요해

1

호기심을 관심으로

　윤하가 나에게 영어를 배우러 온 것은 그녀가 6살 때였다. 당시 유치원에 들어가면서 한 살 차이의 오빠와 함께 왔는데 오빠도 유치원생이었다.

　난 유치원생들에게는 절대 주입식으로 가르치지 않았다. 단지 영어에 대한 관심이 일어나게 하여 그 관심이 항상 유지되도록 하는 방식을 추구했다. 그러나 꼭 해야 하는 것은 나와 함께 만든 하나의 영어 문장만큼은 듣고 쓴 뒤 말하는 것인데 그들이 원하는 일상에서 하고 싶은 말을 함께 영작하면서 그것으로 연습하는 것이었다.

　하지만 내가 알려준다고 나 혼자만의 생각으로 하는 것이 아니라 그들과 함께 말을 주고받으며 영어의 어순에 맞추어 칠판에 쓰고 설명해주면서 함께 완성해가는 것이었다. 그러면 윤하와 그녀의 오빠 도하는 칠판에 쓰인 영어 문장을 자신들의 공책에 옮겨 적는다.

　그런데 그들에게 영어 알파벳과 쓰는 방법에 대하여 특별히 가르쳐주지는 않았다. 그럼에도 불구하고 그들은 영어 알파벳의 대문자와 소문자를 구별하며 잘 썼다. 그렇게 된 것은 특히 윤하의 경우, 미술을 좋아했기 때문에 나에 의해 칠판에 옮겨진 알파벳을 그림을 그리는 것처럼 똑같이 그리려고 했기 때문이었다.

윤하는 그런 마음으로 영어를 차츰차츰 익혀갔다. 특히 자신이 실생활에서 사용하는 말들을 문장으로 이해하며 받아들이는 것은 물론 각 단어들이 다른 말에서도 사용되기 때문에 단어마다의 의미도 정확하게 받아들여야 한다는 것도 깨달았다.

그런 방법으로 수업을 하면서 윤하와 도하는 영어의 어순을 이해하게 되었는데 특히 묻는 말을 익힐 때 의문사와 함께 'be동사'와 '조동사', '일반 동사' 등을 습득하면서 의문문에 대한 답으로써 긍정과 부정문도 함께 사용했다.

초등학교 2학년인 윤하와 3학년인 도하는 이제 명작소설을 매일 한 문장씩 익힌다. 그러면서 그 속에서 새로운 어휘나 잘 습득되지 않는 어휘로 영작을 통해 어휘를 익히며 그 문장으로 대화를 연습한다. 그리고 그 문장이 속한 전체 페이지를 각자 읽은 뒤 수업을 마치는데 그 방법이 습관화되어 영어를 익히는 데 힘들어하지 않고 천천히 영어 능력을 키워가고 있다.

우리나라에 처음 영어가 전파되었을 때 소통은 어떻게 시작되었을까?

그것은 아마도 영어를 쓰는 사람이 어떤 물건이나 행동과 상태에 대하여 영어로 표현하자 그 발음을 들었던 우리나라 사람이 그 발음을 잘 암기해두었다가 자신 또한 그 발음을 영어를 사용하는 사람에게 말하면서 소통이 이루어졌을 것이다. 그러면서 영어의 발음과 뜻을 영어로 소통할 수 있는 우리나라 사람이 다른 우리나라 사람들에게 알려주면서 영어는 퍼져나갔을 것이다.

나는 그런 방법을 좇으며 또한 내가 아버지에 의해 소위 영어에 대해서 아무것도 모른 채 그냥 영어 알파벳을 쓰면서부터 호기심과 관심이 생기면서 영어를 습득했던 경험에 따라 그것을 윤하와 도하에게도 적용했었다.

우리 조상들 가운데 누군가는 영어를 접한 뒤 습득하여 영어를 익히려는 다른 사람들에게 도움을 주었을 것이다. 그렇게 하기 위해 영어와 우리말과 관계된 내용을 책으로 만든 것들이 바로 영어 알파벳과 영한사전, 한영사전 그리고 영문법 등이었을 것이다. 그래서 지금의 사람들까지 그런 책들을 통해 영어를 익히게 되었는데 요즘은 책을 넘어 각종 영상물 등을 통해 영어를 배울 기회가 많아졌다.

윤하와 도하도 조금만 더 자란다면 스스로 그런 자료들을 찾아 익히면서 영어로의 소통을 생활화할 수 있을 것이라고 믿는다. 그들이 영어를 습득한 것이 부디 더 좋은 삶을 사는 데 기여될 수 있기를 기대한다.

2

토익은 자격일 뿐

어머니가 한국 사람과 재혼하는 바람에 어머니를 따라 중국에서 우리나라로 이사 왔던 중국 소녀가 어느덧 고등학교 3학년이 되었다. 한국말을 전혀 못한 채 우리나라의 초등학교 6학년으로 입학했던 그 소녀는 학교에서 공부를 잘할 수 없었지만 그럭저럭 초등학교와 중학교를 졸업했다. 그리고 특성화고등학교에 진학하려 했으나 성적이 되지 않아 어쩔 수 없이 인문계 고등학교에 진학했는데 전 학년을 거의 낮은 성적으로 보냈지만 우리나라의 여느 고등학생처럼 대학에 진학하기 위해 고민하게 되었다.

그러면서 한동안 무엇인가 열심히 알아보더니 비행기 승무원이 되겠다고 했다. 자신의 외모와 신체적인 면으로는 승무원이 어울린다는 것을 알고 있기에 그런 직업을 선택했나 본데 그녀는 영어도 못하고 한국어마저도 어눌한 편이었다. 게다가 승무원이 되려면 대학은 나와야 되고 가능하다면 대학의 승무원 관련 학과를 졸업하는 것이 훨씬 더 도움이 될 것이건만 낮은 학교 성적과 실력 때문에 수시나 정시나 시험을 보고 대학에 들어간다는 것은 엄두도 못 낼 일이었다.

하지만 다행인 것은 그녀가 외국인이기 때문에 우리나라 대학에 외국인 특례입학이 허용되어 들어갈 수 있게 되었다. 그래서 그녀는 다른 학생들이 수능시험을 위해 공부할 때 대학에서 준비할 토익을 미리 공부하고 있다.

그녀는 자신의 상황에 대하여 잘 알고 있기에 한국의 대학에서 승무원학과를 졸업한 뒤 중국의 항공사에 취업할 것을 계획하고 있다. 그녀에게 중국어는 모국어로서 전혀 문제가 없다. 아울러 대학에 입학하여 영어를 열심히 익혀서 중국 항공사에 입사한 뒤 미주노선 비행기를 타겠다고 했다.

두 번째 이야기는 지난해에 있었던 일로 역시 고등학교 3학년 남학생이 여름방학 이후부터 토익을 위해 공부했던 내용이다. 여름방학을 마치자마자 그는 이미 수시로 대학 입학을 결정했기 때문에 수능 공부로부터 자유로울 수 있었다. 하지만 그는 나와 함께 계속 토익을 위한 공부를 하기 원했다. 왜냐하면 그가 대학 1학년에 입학한 뒤 바로 카투사에 입대할 것을 계획했기 때문이었다. 카투사에 들어가려면 높은 토익 성적이 요구된다고 했다.

고등학교 시절에 영어를 꾸준히 해왔기 때문이었는지 그는 토익 문제들이 고등학교 수능 모의고사 문제들보다 쉽다고 했다. 그래서 지금까지 해온 여세를 몰아 내년의 첫 번째 시험에 응시하여 목표로 한 성적을 받아 카투사에 지원하겠다며 수능을 준비하는 학생만큼 열심히 공부했다.

하지만 그의 계획대로 모든 것을 진행할 수 없었다. 그놈의 코로나 바이러스 때문에 대학 입학식은커녕 학교에도 가보지 못했고 토익도 연기되어 시험에 응시조차 못 한 채 어쩔 수 없이 2학기를 보낸다고 했다. 그러면서 그는 영어도 다 까먹어서 토익을 위한 공부를 다시 해야 한다며 2학년 때 카투사에 지원하겠다고 했다.

세 번째 이야기는 재작년 우리나라 공기업에 종사하는 간부직원이 토익을 위해 영어를 공부했던 내용이다. 그는 50대 중반으로 정년퇴임 이전에 해외지사에서 근무하는 경험도 갖고 승진하여 그가 재직하고 있는 공기업에서 좀 더 오래 근무할 것을 목표로 토익을 보는 것이었다. 그가 다니는 공기업의 해외지사에서 근무하기 위해서는 토익성적인증서를 제출해야 하는데 성적이 적어도 800점 이상은 되어야 한다고 했다.

이미 오래전에 그런 계획을 갖고 독학으로 공부해온 그는 그가 나에게 지정해준 토익을 위한 책을 벌써 마쳤었고 시험을 앞두고 보충하며 정리할 겸 나를 찾아왔던 것이었다. 그가 그 책으로 토익을 위한 문제들을 풀면서 그 문제에 속하는 문법들도 모두 잘 이해하고 있었기에 비슷한 유형의 문제들은 모두 그의 토익 성적을 높이는 데 기여할 뿐이라고 생각했다. 그는 토익에서 기대했던 성적을 받고 해외근무가 결정되었다고 했다. 그러면서 그가 했던 말이 있다.

"토익을 열심히 공부해서 고득점을 받을 만큼 되었지만 그래도 영어로 소통하려고 해도 잘 되지 않는 것 같습니다. 토익이란 국제적 의사소통을 위해 미국의 교육 기관에서 외국인의 영어 능력을 측정하기 위해 개발한 시험으로 그 시험에서 고득점을 받았다면 영어 소통도 잘 돼야 하는데 그렇게 되지 않는 것을 보니 역시 영어를 하는 곳에서 살아야 될 것 같습니다. 어차피 시험이란 어떤 곳에 들어가기 위해 치르는 것이고 들어간 다음에야 비로소 일을 할 수 있는 것처럼 저 역시 토익으로 해외근무의 자격을 얻은 셈이니까 그곳에 가서야 비로소 영어가 익혀지겠지요!"

맞는 말이다. 언어란 생물이다. 그렇기에 생명이 유지될 수 있는 곳에 있어야 살 것이다. 물고기도 물속에 있어야 살 수 있는 것처럼 영어도 영어를 사용하는 환경에 있을 때 영어를 사용하는 사람에게나 영어에게도 생명이 계속 붙어 있을 것이다.

3

체육교사가 되다

"우리 애가 달라질까요?"

어느 초등학교 5학년 어린이의 어머니가 찾아와 자신의 아들이 수업 시간에 너무 부잡했던 것을 미안해하며 말했다.

그래서 으레 하는 대답을 했다.

"아이들이 다 그렇지요. 하지만 자라면서 변화가 생긴다고 하니 너무 걱정하지 마세요. 대신 달라질 수 있도록 동기부여 해주는 것은 어떨까요?"

그리고 15년 정도가 지난 어느 날, 고등학생들 수업에 대입수능영어모의고사 문제를 풀기 위해 어느 고등학교를 찾았었다. 고등학교에서는 보통 모의고사가 끝나자마자 문제지와 답을 복도 한편에 마련된 책상 위에 올려놓고 필요한 학생들이 가져갈 수 있도록 해주고 있다. 그래서 그 문제지를 얻으러 갔었는데 복도에 마주 걸어오는 한 선생님이 있었다. 그런데 그 선생님이 내 앞에 멈추더니 반갑게 맞이하며 인사했다.

"선생님, 안녕하세요? 그동안 잘 지내셨지요? 여기는 어쩐 일이세요?"

그는 내가 영어교육에 뛰어들었던 초창기 때 초등학교 5학년이었던 학생으로서 당시에 그의 어머니는 그의 산만함에 대해 몹시 걱정하며 나를 찾아와 상담을 했었다. 나는 그때 덧붙였던 말이 있었다.

"아이의 에너지가 넘치는 것도 산만해지는 이유 가운데 하나라고 하니 에너지를 어느 정도 소모하도록 수영 같은 운동을 시키는 것은 어떨까요?"

그의 어머니는 그 말을 믿어서였는지 그에게 영어 공부와 함께 수영을 하도록 시켰다.

그런데 그가 수영에 금방 재미를 붙이고 실력도 뛰어나게 되자 수영부가 있는 학교로 전학한 뒤 수영선수가 되어 수영대회에 나가 메달을 따곤 했었다. 그러다가 중학교에 입학해서는 유도에 흥미를 느껴 유도부에 들어가 선수생활을 시작하면서 내 곁을 떠났었다. 이후 다른 학생들에게 듣기로는 3학년 때 연습 도중 심각한 골절상을 입게 되어 장기 치료를 받으면서 유도를 그만두었다고 했었다.

오랜만에 그를 만난 나는 그가 학교 선생님이 된 것에 몹시 흥미를 느끼며 물었다. 그것은 그에게 전혀 예상할 수 없었던 일이라고 생각했었기 때문이었다.

그는 고등학교에 진학하면서 공부에 관심을 기울였는데 수영과 유도를 했었던 경험을 통해 체육선생님이 되겠다는 희망을 가졌었다고 했다. 그리하여 사범대에 진학하여 체육교육학을 전공했고 군복무도 마쳤으며 그 고등학교에서 체육교사생활을 시작한 지 2년이 되었다고 했다.

우리는 그렇게 예상하지 못했던 만남을 가졌었다. 하지만 그 짧은 시간을 통해서도 그에게 느낄 수 있었던 것은 그가 몹시 행복해 보였다는 것이다. 그는 체육교사가 된 것에 매우 만족해하며 좋다고 했다. 나는 작별의 인사말로 그가 참 보기 좋게 많이 변했다고 하자 그는 나와 영어를 공부할 때 말썽 피우던 것을 기억해서인지 약간은 어색한 표정을 지으며 말했다.

"선생님! 저 많이 변했지요? 제가 학교 선생님이 된 것은 운동을 좋아했기 때문인데 인내심을 갖고 꾸준히 운동을 해오다 보니 오늘의 모습이 되었습니다."

4
어머니의 인내심

"도대체 너는 왜 그렇게 말을 듣지 않니?"

내가 어떤 학생의 잘못에 대해 꾸짖었더니 그 학생이 바로 이렇게 말했다.

"그러게 말이에요."

어이없는 대답이었다. 자신의 잘못을 반성하기는커녕 남 얘기를 하는 듯한 말투에 화가 났었는데 나중에 보니 그런 식으로 말하는 것이 한때 유행이었다.

그는 수업 중에 공연히 옆의 학생을 건드리거나 수업에 집중하지 않고 책과 공책에 그림을 그리는 등 허튼짓을 하며 심지어 수업을 방해하기까지 했다. 그런 그 때문에 도저히 수업을 할 수 없어서 그를 꾸짖었지만 그의 얼굴엔 잘못했다거나 반성하는 기색이 전혀 없었다.

그의 그런 언행에 같은 반 아이들이 하는 말이 있었다.

"너 땜에 암 걸리겠다."

나는 고민 끝에 그의 어머니에게 전화하여 그런 사연을 알려주었다. 그런데 그 어머니는 아들이 그렇다는 것에 대해 별로 놀라는 것 없이 그저 사과하면서 다음 날 찾아오겠다고 했다.

초등학교 5학년이었던 그 학생은 나의 영어교육장 근처의 학교에 다니거나 그 부근에 살고 있는 것이 아니라 버스를 타고 30분 정도 걸리는 지역에 살고 있었다.

다음 날 학생들의 수업이 없는 오전 시간에, 그의 어머니는 미안해하는 표정과 함께 찾아왔다. 그리고 들어오자마자 다시 한번 사과하면서 그녀의 아들에 대하여 말하기 시작했다.

그녀의 두 아들 가운데 큰아들인 그는 병원에서 ADHD라는 '주의력 결핍 및 과잉 행동 장애' 진단과 더불어 치료도 받았다고 했다. 그러면서 그것에 대해 미리 얘기하지 못해 죄송하다고 거듭 사과했다.

딱한 사정을 듣고 나니, 오히려 그 아이가 안타깝게 느껴졌다. 나는 그 아이의 태도를 바꿔보겠다는 계획으로 그 어머니에게 불쑥 이런 말을 했다.

"혹시 아들과 함께 수업에 참여하실 수 있나요?"

그러자 그 어머니는 너무 좋아했다.

그렇게 하여 그 어머니도 둘째 아들과 함께 큰아들의 수업에 참여하게 되었으며 같은 반의 다른 학생들도 모두 찬성했다.

그 어머니는 자신의 아들 옆에 앉아, 아들이 허튼짓을 하거나 수업을 방해하는 일을 하지 못하도록 통제하는 것이 목적이었다. 그런데 그로 인하여 다른 학생들도 딴짓을 못 하고 수업에만 집중하자 그 반의 수업이 엄청 수월해졌다. 그 어머니의 수업 참여는 다른 학생들에게도 도움을 주는 의외의 효과도 있었다.

그런데 얼마 지나서, 학생들을 향한 나의 질문에 학생들이 답을 못하자 그 어머니가 대신 답을 하기도 했다. 그 어머니는 어느덧 수업에 가장 집중하는 학생이 되어 이해도 잘 했고 읽기와 영작 그리고 나의 질문에 대답하는 것도 으뜸이 되었다. 어떤 경우엔, 수업이 그 어머니를 위해 하는 것처럼 느껴질 만큼 그 어머니도 수업에 빠져들었다.

어느 날 수업을 마치고 잠시 얘기를 나누게 되었다.

"처음엔 죽을 맛이었지요. 하지만 어차피 아들의 변화를 위해 선택한 방법이었으니 즐기기로 결심했답니다. 그래서 수업에 집중하다 보니 예전 학창 시절에 공부했던 내용도 떠오르고 또한 집에서 아들에게 복습을 시키다 보니 새로운 어휘들도 자연스럽게 암기되어, 이참에 영어를 제대로 해보겠다고 마음먹었습니다."

그 어머니는 아들이 초등학교 5학년 말엽부터 초등학교를 졸업할 때까지 아들과 함께 꾸준히 수업에 참여했다. 그러면서 초등학교 2학년이 된 둘째 아들도 등록시켰다. 그리고 그 어머니는 중학생이 된 큰아들과 초등학교 3학년이었던 두 아들들이 각자의 수업 시간에 맞추어 스스로 버스를 타고 다니게 하면서 수업을 떠났다.

큰아들은 중학생이 되면서 완전히 달라졌다. 의젓할 정도였었다. 학교에서도 그렇다는 소리가 들려온다며 공부도 잘하는 학생이 되었다고 했다. 어머니의 대단한 인내심으로 아들의 병적인 현상을 낫게 해준 것이었다. 하지만 그 어머니는 얼마나 힘들었을까? 맹자의 어머니는 아들의 교육을 위해 세 번이나 이사했다고 했지만 자식 교육을 위해 어찌 그 어머니만큼의 노력과 고통이 있었겠는가? 부디 그 학생이 꼭 성공하여, 자식교육에 대한 말로써 '맹모삼천지교(孟母三遷之敎)'라는 말 대신에 '어머니가 자식의 수업에 함께 했다'는, 어머니에게 영광이 돌아가는 그런 말과 일들이 일어난다면 좋겠다.

그녀의 큰아들은 대학교에 진학한 뒤 해군에서 군복무도 마쳤고 복학 이전에 잠시 취업한 직장에서 열심히 근무하고 있다고 했다.

그리고 그의 동생이자 그의 어머니의 둘째 아들인 규진이도 고등학교 3학년인 지금까지 나와 함께 11년째 영어를 익혀왔는데 대입수능을 마치고 떠났다.

이미 떠날 때가 되었다는 것을 알고 있었지만 그가 떠난다는 말을 했었을 때 가슴이 먹먹했었다. 난 그를 마치 나의 아들처럼 생각했던 경우가 많았다. 그래서 하찮은 것이더라도 꾸짖어 고쳐 주기도 했었고 희망도 많이 불어넣어 주었었다.

그의 나이 19살, 부디 세상을 향해 힘차게 비상하기를 소원하며 그와의 만남도 계속된다면 좋겠다.

전업주부로 지내왔던 그들의 어머니!

이제 자식교육에 안심하며 중고자동차 수출을 하는 남편을 도와 사무실에 나가서 바이어들과 영어로 상담하는 등 커리어우먼 (Career woman)이 되었다고 했는데 건강한 심신으로 사랑하는 남편과 듬직한 두 아들과 함께 행복한 나날이 될 수 있기를 빌어 드린다.

5

영어선생 된 주부 제자

　인천 남구의 어느 학원에서 초등학생과 중학생들에게 영어와 수학을 동시에 가르치며 큰 인기를 차지했던 여선생님이 있었다. 그런데 그 선생님은 그녀의 딸과 함께 나의 제자이기도 했다.

　그녀의 딸이 초등학교 2학년이었던 때, 그녀는 그녀의 딸과 함께 나에게 영어를 배우기 시작하여 한국방송통신대학교 영문과를 졸업했으며 그녀의 딸은 현재 미대에서 미술을 전공하는 여대생이 되었다.

　나에게 영어를 배우는 자녀들의 부모들은 무료로 나의 수업에 참여할 수 있다. 그렇게 된 것은 처음에 산만한 학생이 있어서 그랬는데 나중에는 부모님들만을 위해 따로 가르치는 수업도 가졌다. 그녀의 딸은 산만하지 않았지만 그녀는 그녀의 딸이 수업을 잘 받기를 바라는 마음에, 내가 만든 제도를 받아들여, 그녀의 딸 수업에 참여했다가 영어에 취미를 붙이게 된 것이었다.

　당시 그녀는 인근의 어느 학원에서 수학을 가르치고 있었다. 대학에서 식품영양학을 전공했던 그녀는 수학에 재능이 있어서 대학 때부터 과외로 수학을 가르쳐왔으며 결혼 후 학원에서 수학강사로 지내오고 있는 베테랑 수학선생님이었다.

그녀는 그녀의 딸이 영어를 잘하도록 영어유치원을 졸업시켰으며 초등학교에 입학한 뒤에는 외국인 강사가 있는 유명 영어학원에 보내기도 했었다.

당시 나는 다락원출판사에서 출판한 50권의 명작소설로, 영어를 가르치며 그 내용에 관해서 학생들과 자연스럽게 영어로 묻고 대답하는 형식의 수업을 하고 있었다. 그런데 이것이 소문나자 많은 학생들이 부모와 함께 찾아왔었는데, 이 수업은 오히려 어른들에게 훨씬 더 효과적이었다. 왜냐하면 어른들은 과거에 이 소설들을 읽어보았으며 그 내용들을 기억하고 있었기 때문이었다.

그 당시 나는 교육청의 감시를 받곤 했었다. 영어교습소를 운영하면서 한 반에 정원이 14명인데 정원을 초과하여 수업했다고 신고되어 교육청에서 조사 나오곤 했었다. 나는 이런 간섭을 받는 것이 싫었다. 그래서 알아보니, 선생님이 대학생일 경우 교육청에 등록을 하지 않고 학생들을 가르칠 수 있다고 했다. 나는 한국방송통신대학교 영문과에 1학년으로 입학하며 영어교습소 등록을 취소했다. 그때 그녀도 나와 함께 같은 학교 영문과 1학년에 입학하기를 원했었다.

나와 그녀는 항상 장학생으로 지내왔다. 하지만 그녀의 평균 점수가 나보다 높았다. 그녀는 교양과목의 점수가 상당히 높았기 때문이었다. 나도 교양과목의 점수를 높이려고 꽤나 노력했지만 도무지 이룰 수가 없었다. 결국 나는 그녀를 따라잡겠다는 생각을 포기하고 말았다. 그러면서 나의 목적은 그저 학생의 신분을 유지하는 것이라고 합리화시킬 뿐이었다.

방송통신대 3학년 말쯤이었다. 어느 날 나의 교육장에 어떤 사람들이 들이닥치며 사진을 찍는 등 소란을 피웠다. 학생들은 소스라치게 놀라며 TV 뉴스에서 보았듯이 얼굴을 책상에 묻는 시늉을 하는 등 법석을 피웠다. 불법교습을 한다고 신고 받아 경찰과 검찰 그리고 교육청에서 합동으로 단속을 나왔다고 했다. 당시에 법이 바뀌어 학생의 신분이더라도 주민등록상 자신의 집에서만 가르치게 된 것을 모르고 지내왔기에 무등록 불법 교습소로 어떤 파파라치가 신고하여 단속을 받은 것이었다. 며칠 뒤 나는 경찰서에 출두하여 조사를 받고 벌금을 냈으며 교육청을 찾아 다시 영어교습소 등록을 했다.

그러면서 나는 방송통신대학교 영문과 3학년 학생으로서 학생의 신분을 멈추게 되었다. 하지만 그녀는 한 번도 쉬지 않고 계속 장학생으로 학교를 졸업했다. 얼마 뒤 그녀의 딸도 중학교를 졸업하게 되었는데, 그 학생은 미술에 재능이 있어서 인천예고 미술과에 합격하게 되었다. 그리하여 그 가족은 그 학생의 학교 근처로 이사하게 되었으며 그때 그 학생의 어머니도 그 부근에 있는 학원으로 옮겨서 수학을 가르치게 되었다.

그 학생은 예술고에 다니면서도 일주일에 한 번은 나의 교습소를 찾아와 영어수업을 받았는데 어느 날 그 학생의 어머니가 함께 왔다. 그러면서 그녀는 나에게 전단지를 주었다. 그녀는 그곳에서 영어와 수학을 가르쳤는데, 영어의 교재는 나에게서 배웠던 명작소설이었다. 그녀는 나로부터 7년 정도에 걸쳐 50가지 명작소설을 모두 마쳤었다.

나는 진심으로 축하했다. 하지만 전혀 상상도 못 했던 일이었다. 놀라움을 금할 수 없었다. 그녀는 한때 나에게 이런 말을 했었다.

"저는 영포자(영어를 포기한 사람)였었답니다. 그런데 특히 선생님의 to부정사와 동명사 그리고 분사 구문에 대한 수업을 듣고 이들을 명쾌하게 이해하게 되었으며, 만일 내가 학창 시절에 선생님과 같은 분의 수업을 들었더라면 영어를 포기하지 않았을 텐데요."라며 아쉬움과 기쁨을 동시에 나타냈었다.

나는 당시에 이 말을 인사치레로 하는 것으로 생각했었다. 그런데 그녀는 진짜였었다. 나는 그녀에게 그동안 영어를 어떻게 공부했었냐고 물었다. 그녀는 나의 수업을 들은 뒤 그 책에 붙어 있는 CD를 암기하듯이 들었으며 어휘들을 익히기 위해, 내가 그 어휘들로 영문법을 이용한 영작을 하는 수업을 했듯이, 영작을 끝없이 많이 했다고 하였다. 그렇게 하면서 50권의 책을 모두 머리에 담았으며 이전의 학원에서 수학을 가르칠 때, 학생들에게 간혹 'to부정사'와 '동명사' 그리고 '분사 구문'에 관한 영문법을 이해시켜 주기도 했었다고 말했다.

그녀는 새로 이사하면서 그 지역의 보습학원에서 수학선생님으로 취업하기 위해 이력서를 제출했더니, 그곳의 원장이 이력서를 보고 영문과를 나왔느냐면서 제안했다고 했다.

"영어도 한번 가르쳐보시겠어요?"

원장이 하는 말을 농담으로 생각했지만 하겠다는 말이 바로 튀어나왔다고 했다. 그랬더니 원장이 진지하게 받아들이며 또 물었다고 했다.

"어떤 방법으로 가르칠 것인지 말해주시겠어요?"

그래서 영어명작소설이라는 교재와 교육방법을 소개했다고 했다. 그러자 원장이 이를 흔쾌히 받아들이며 그 학원에서도 영어

명작소설 수업이 개설되었다고 했다.

그녀는 그러면서 덧붙여 말하길, 자신이 딸과 함께 나에게 영어를 배우기 시작하면서 영어가 재미있어 CD를 들으며 학구열로 열정적이었더니 그녀의 딸도 공부하는 습관을 가지게 되어 이렇게 잘되었다면서 무척 고마워했었다.

이제 그들 가족은 인천에 없다. 그들은 서울로 이사 갔다. 마침 그녀의 남편이자 그 학생의 아버지가 서울에 보험대리점을 개설하게 되어 인천을 떠났다. 나의 학생의 어머니이자 나의 제자 그리고 한국방송통신대학교 영문과 동기였던 그녀는 서울생활에 적응한 뒤 서울에서 학원사업을 할 것이라고 했다. 틀림없이 청출어람이 될 것이다.

6
미국 공중목욕탕 취업

"제가 미국으로 취업이민 가는데, 가기 전에 영어를 배우려고요." 한 여성이 전화로 상담을 해왔다.

"로스앤젤레스 한인 타운의 공중목욕탕에서 때를 밀어주는 세신사로 일할 건데 그 직업에 맞는 영어를 배울 수 있나요?"

그녀의 질문에 모든 것이 가능하다고 답한 뒤 전화를 끊었지만 목욕탕에서 세신사가 사용하는 전문적인 말들이 어떤 것들이 있는지 내 자신도 궁금했다. 그래서 공중목욕탕을 찾아 생전 처음 세신사에게 나의 몸을 맡겨보며 무슨 말을 하는지 알아보기까지 했다.

며칠 지나자 전화를 했었던 40대 중반의 여성이 정말로 찾아왔다.

"한 달 뒤에 출국할 건데, 그동안 얼마나 배울 수 있을지!"

그녀는 걱정이 가득한 말투로 의문을 품은 채 등록했다.

지방 출신인 그녀는 공부하기 싫어서 중학교를 졸업한 뒤 서울로 올라와 어느 식당에서 일하며 살았다고 했다. 그리고 그 식당에서 3년 정도를 보낸 뒤 주변에 24시간 영업을 하는 '감자탕집'에서 매니저로 일하면서 어느 날 아침에 일을 마치고 사우나를 찾았다가 세신사라는 직업에 관심을 갖게 되었다고 했다.

이후 '감자탕집'에서 3년 정도 있은 뒤 '고기 전문점'과 '야채식당' 등 유행을 타며 새로 생기는 식당들에서 서빙매니저로 일하며 그동안 모은 돈으로 고향 사람을 만나 결혼을 했고 남편과 함께 '고기뷔페식당'을 차려 운영하여 많은 돈을 벌었다고 했다. 하지만 남편과 의견이 맞지 않고 아이도 없었기에 결혼 10년을 앞두고 이혼했다고 했다. 그래서 그랬는지 식당 일이라면 진절머리 나도록 싫었기에, 그동안 번 돈으로 다른 일을 하기 위해 인천에 왔다가 24시간 사우나에서 밤을 보내면서 예전에 관심을 가졌던 세신사라는 직업을 떠올렸다고 했다. 그렇게 하여 잡생각도 없앨 겸 잠시 해보겠다고 했었던 세신사를 3년 정도 했을 즈음, 어느 날 자신이 일했던 사우나에 미국에 사는 분이 찾아왔는데, 그분이 미국에서 일할 것을 요청하여 미국에 가게 되었다고 했다.

1:1 수업이 시작됐다.

나는 먼저 그녀에게 영어책을 읽게 하였으나 그녀가 큰 어려움에 부딪히고 있다는 것을 금방 알게 되었다. 나는 그녀가 중학교를 졸업했다는 것과 어른이라는 생각 등을 모두 버리고 세상에 태어나 영어를 처음 접하는 사람이라고 여겨야겠다는 마음을 갖게 되었다. 그래도 다행인 것은 그녀가 어른이기 때문에 이해력이 높았으며 상황에 따라 어떤 말을 해야 한다는 것 등은 잘알고 있었다.

공책에 영어 알파벳부터 쓰게 했다. 그러면서 각 알파벳의 발음을 알려주고 특히 'c, f, l, p, r, v' 등의 발음은 많은 연습을 해야 한다는 것을 강조하며 비슷한 유형의 발음을 가진 단어들을 예로 들면서 발음의 중요성을 크게 강조했다. 또한 영어 알파벳을 우리말과 비교할 때, 영어의 모음은 'a, e, i, o, u'이지만 우리말과 달리 영어의 모음은 우리말의 모음인 'ㅏ, ㅑ, ㅓ, ㅕ, ㅗ, ㅛ, ㅜ, ㅠ, ㅡ, ㅣ' 등 모든 모음 소리를 내기 때문에 영어를 하는 사람들도 실제로 단어의 소릿값을 모두 외우는 꼴이라며 암기의 중요성을 인식시켰다. 그러면서 대문자와 소문자가 각각 존재하는 이유는 문장을 쓰기 시작하거나 이름 등의 고유한 단어는 처음에 대문자를 쓴다는 것도 말해주었다. 역시 어른이라 이해가 빨랐으며 배우는 데 전혀 문제가 없었다고 할 수도 있었지만, 아무래도 영어를 배워야 할 목표가 뚜렷했기 때문에 그만큼의 효과가 있었던 것 같았다.

그런데 문장으로 넘어가려니 문제가 발생했다. '주어'와 '동사' 등이 들어가는 문장 구조와 'be동사'와 형용사가 더해져 '상태의 동사'가 되는 것 그리고 '의문'과 '부정'을 표현하는 것 등에 제동이 걸렸다.

하는 수 없이 방향을 틀었다. 우선 써먹어야만 하는 말의 표현을 익혀주는 것에 역점을 두고 일상적인 표현의 사용을 반복했으며 동사에 대한 설명과 더불어 명령이나 부탁, 권유 등의 말을 듣고 말하는 것을 연습시켰다.

그래서 그녀가 나와의 약속된 시간이었던 한 달 동안 마칠 수 있었던 영어는 'How are you?(안녕하세요?)', 'Good bye.(안녕히 계세요)'를 비롯한 인사말과 'Excuse me.(실례합니다)', 'I'm sorry.(미안합니다)', 'Thank you.(고맙습니다)', 'You're welcome.

(천만에요)', 'That's okay.(괜찮아요)', 'I'm glad to meet you.(만나서 반가워요)' 등의 상용적인 표현과 'be동사', '일반 동사', '조동사', 'be동사'와 상태를 나타내는 '형용사'가 만나 상태를 나타내는 '동사'가 되는 것 그리고 이들로써 'Go home.(집에 가)', 'Don't stop.(멈추지 마)', 'Be quiet.(조용히 해)', 'Don't be silly.(어리석게 굴지 마)' 등의 명령어를 표현하면서 많은 동사와 형용사를 익혔었다.

결국 나는 그녀를 위해 준비했었던 목욕용 영어는 충분히 연습시켜 주지도 못하고 한 달을 보낸 뒤 작별하게 되었다.

난 그녀가 말해주는 인내가 담긴 그녀의 인생사를 들었을 때도 그랬지만 그녀가 나와 한 달이라는 짧은 시간 동안 악착같이 열심히 공부하는 것을 보고 많은 것을 깨달았다. 그리고 그렇게 살아온 그녀의 인생이 앞으로도 굉장히 좋게 될 것이라는 예측도 했다.

헤어질 때 그녀에게 조언한 내용이 있다.

"만일 미국에서 시간이 난다면 학교에 다니세요. 꼭 학교가 아니더라도 영어 능력도 얻을 겸 피부와 관련된 공부를 가르치는 학원이라든지 단체 등에서 피부에 관해 배워두고 자격증 같은 것을 갖게 된다면 나중에 커다란 도움이 될 것입니다."

7
샌디에이고 호텔 실습생

　나의 영어교습소 인근 슈퍼마켓 부부의 딸인 여대생이 찾아왔다. 서울의 어느 대학교 조리과 2학년에 올라가는 그 학생은 학교를 통해 미국 캘리포니아주 샌디에이고시에 위치한 유명 호텔에서 1년 동안 실습을 하게 되어, 사전에 실무와 관련된 영어를 익히고 싶다고 했다. 그 학생은 중학교 때 공부를 잘했었으며 고등학교를 조리과가 있는 학교로 진학했었고 대학 역시 조리과를 선택했었다.

　첫 만남부터 똑소리가 날 정도로 야무지게 자신에 대한 소개와 필요한 사항을 요청하면서 예절도 반듯했었던 그 학생의 소망은 세계적인 한식조리전문가가 되는 것이었다. 내 생각에 그 학생의 조리 솜씨는 어떤지 모르지만 행실만큼은 누구와 견주어도 뒤떨어질 것이 전혀 없었다.

　하지만 그 학생은 한식에 대한 조리를 배우고 있는데, 왜 미국의 호텔 식당에서 서양 요리 실습을 하면서 1년이라는 소중한 시간을 보내려 했는지 궁금했었다. 물론 나 역시 그 학생이 미국의 공인된 장소에서 경험을 갖는다는 것이 정말로 멋지고 좋은 경험이라고 생각했었던 것도 사실이었다.

　나의 질문에 그 학생이 말하길, 자신이 한식 조리를 하는 것은 좋아서이기도 하지만 우리의 전통 음식을 세계화하는 데 앞장서고 싶다고 했다. 그러면서 세계적인 서양 음식들이 대중화된 가운데 우리나라에 가맹점을 개설하여 그들의 음식이 인기리에 판매되듯이, 자신도 우리의 전통 음식 가운데 대중화될 수 있는 것을 연구하여 미국에 우리 음식 가맹점을 낼 것이라고 했다. 그래서 호텔의 레스토랑에서 실습하는 것도 중요하지만 직접 미국의 조리사들을 만나서 자신이 만든 우리의 전통 음식을 맛보여주어 의견도 듣고 미국인들의 대중적인 음식문화와 생활을 직접 알아보고 싶다고도 했다.

　나는 그녀가 생각하는 조리와 관련된 말을 영어로 표현하는 것에 익숙해질 수 있도록 교재를 우리글로 표현된 요리책을 선택했다. 그러면서 조리법과 요리에 관한 설명들을 모두 영어로 번역하면서 우선 그와 관련된 어휘들에 익숙해지도록 일상적인 표현이 담긴 영작을 할 수 있도록 연습시켰다.

　나의 도움을 받으며 그녀가 조리법과 일반적인 요리과정 그리고 음식과 관련된 어휘들을 습득하는 것은 별로 어려운 것이 아니었다. 그녀는 한 달 만에 요리와 관계되는 어휘들을 대부분 숙지했으며 요리책을 해석하며 그 내용을 이해하는 것에도 큰 어려움이 없었다.

　그런데 발표가 문제였다. 그녀는 문장의 구조를 완벽하게 익히지 못했기에 자신의 의견을 반듯하고 상세하게 말할 수 없었다. 결국 영문법에 대한 전반적인 설명을 해주고 그것을 이해시킬 수밖에 없었다. 그녀는 그녀가 만들어 소개하려는 우리의 전통 음식을 더듬거리며 천천히 표현하게 되었다.

그녀는 미국으로 떠나기 전에 나에게 잠깐 들러 편지를 주고 갔다. 그 편지에는 이런 내용이 담겨 있었다.

"to부정사와 동명사, 분사 등은 영어로 표현하기 위해 알아야 할 규칙이지만 영어를 숲으로 볼 때, 그들은 나무와 같은 지엽적인 것들이고 문장의 형식이 그들을 모두 포함한 숲이라는 것을 알았습니다. 문장의 5형식이 그렇게 중요하다는 것을 깨우칠 수 있도록 가르쳐주셔서 고맙습니다."

1년 동안 미국에서 생활할 그녀에게 이런 말을 해주었다.

"너의 1년은 다른 사람의 10년이 되도록 보내야 한다. 살다 보니 다가올 삶을 아름답게 만드는 것은 지나온 삶에 있었던 경험이라는 것이었음을 알게 되었단다. 물질은 한 번 써버리면 사라질 수 있지만 경험은 두고두고 떠올리며 오늘을 즐겁게 하고 새로운 미래를 향해 도약시켜 주는 뜀틀도 될 수 있단다. 시간이 허락된다면 1년 동안 미국을 샅샅이 다녀보고 많은 사람들을 만나는데 특히 영원히 사라지지 않을 자연물이나 보호물에 속해 있는 사람들을 만나고 사진도 찍고 머릿속에 담아두렴. 언젠가 그들을 다시 만날 것이라는 생각을 갖는다면 하루하루를 보람되게 살려는 마음이 들어설 거야."

나는 그 학생과 두 달 동안 매일 함께 영어를 익히며 영어가 좋아질 수 있는 또 다른 방법을 알게 되었다.

'자신이 좋아하는 어떤 것을 영어로 표현하려고 애쓰다 보면 영어가 자연스럽게 좋아진다.'

8
필리핀 유학생

어른이라고 생각할 만큼 조숙한 남학생이 그의 어머니와 함께 왔다. 입고 있는 옷이나 물들인 머리카락을 볼 때 그리고 그에게서 나는 담배 냄새가 맡아질 때 그는 영락없는 어른이었다. 하지만 그는 16살밖에 되지 않은, 고등학교 입학을 앞둔 청소년이었다. 아들의 영어 공부를 위해 얘기를 시작한 그의 어머니는 한숨을 쉬며 그리 밝지 않은 표정을 지었다.

중학교 2학년 때, 학교로부터 퇴출당하다시피 자퇴를 선택했던 아들의 교육을 위해 지방에 있는 대안학교로 전학시켰었다고 했다. 하지만 그는 대안학교에서조차 적응이 어렵다며 그만두고 말았단다.

다행히 건축사업을 하는 그의 아버지 일이 잘되어 경제적 여건이 좋았기에, 그의 부모와 형은, 한국 학교에 적응하기 어려울 만큼 변해 있는 그를 위해 그가 필리핀 고등학교에서 공부할 수 있도록 해주었다고 했다.

운 좋게도 그는 중학교 졸업 검정고시에 합격하여 고등학교에 진학할 수 있게 되었으며 또한 그의 나이에 맞게 고등학교 1학년이 된다는 것이었다.

그가 입학할 필리핀의 고등학교는 한국인이 세운 학교로서 그곳의 선생님들은 모두 미국인들이고 영어로 수업을 진행하지만 학생들은 한국에서 모집된다고 했다. 그곳에서의 생활과 교육비는 다른 어떤 나라보다도 저렴하고 우리나라와 가깝기 때문에 부모들도 자주 방문하여 자녀들의 생활을 확인점검 할 수 있으며 영어로 교육이 이루어져, 학생들이 그곳을 졸업한 이후에 미국 등의 대학교로 바로 입학할 수 있다고 했다.

지난 6개월 동안 그가 입학할 필리핀의 고등학교에서 이미 어학연수를 받고 돌아온 그는, 3월의 입학 전까지 3개월 동안 국내에서 영어 공부를 하기 위해 나를 찾아왔다. 지난 6개월 동안 필리핀에서 함께 생활했다는 그의 어머니는, 늦둥이 막내아들을 보살피느라 그랬는지 아니면 필리핀에서의 생활이 힘들어서 그랬는지, 나이보다 훨씬 늙어 보였고 몸도 좋지 않아 보였다.

그는 내가 준비한 영어책을 읽었다. 비록 읽기는 문제없었지만 읽고 난 뒤, 읽은 내용이 무엇인지 알지는 못했다. 그렇지만 책을 읽을 때 발음은 괜찮았다. 정말로 지난 6개월 동안 필리핀에서 미국 선생님들로부터 발음 교육을 받았고 읽기 등을 통해 단어를 인지하는 경험을 많이 가졌던 것 같았다. 흔히 외국인 선생님과 수업을 하면서 초창기에 발음부터 체득하는 비교적 좋은 상황이었다. 이제 다음 순서로, 글이나 말의 의미를 즉시 이해하는 상황에 젖어들면 되는 것이었다.

이를 위해 3개월 동안 할 수 있는 가장 효과적인 수업을 생각해냈다. 의사소통의 필요는 바로 궁금하거나 모르는 것이 있을 경우에 가장 많이 나타난다. 질문을 했을 때, 그 답을 듣기 위해 가장 집중력이 높아지거나 답에 대한 추측을 하면서 이해력이 높아지는 것이다. 그래야 듣기능력도 향상되고 그에 따른 표현력도 생기는 것이다. 그러기 위해서는 영어의 질문방법을 알아야 하며 그것에 익숙해져 있어야만 한다.

그래서 우리는 묻는 말과 대답하는 말을 집중적으로 연습하기로 하였다. 이를 위해 그에게 영어로 의문과 부정을 표현하는 방법을 이해시켰다. 그렇게 하려니까 우선 동사의 3가지 종류에 대한 설명을 해야 했다. 그리고 동사의 시제와 주어의 인칭 등에 따라 묻는 방법과 부정하는 방법 그리고 육하원칙이 포함된 의문사를 사용하여 질문하는 방법 등을 가르쳐주었다.

그러자니, 마련된 교재를 소리 내서 읽게 했으며 즉시 그 내용을 해석하게 하여 어휘를 습득할 수 있게도 해주었다. 그리고 모든 문장들을 의문문과 부정문으로 만들며 그에 대한 답도 표현하도록 했다. 3개월을 보내고 우리가 헤어질 때가 되자 그는 물어보는 말과 부정하는 말을 표현하는 것에 완벽해졌다. 우리의 3개월 수업은 성공적이었다.

그는 3개월 동안 수업 시간에 대부분 늦게 나타났다. 취미생활로 음악학원에서 드럼을 배우면서 연습이 늦게까지 있었기 때문이라고 했지만 올 때마다 담배 냄새를 풍기며 핑계 대는 그를 도저히 신뢰할 수 없었다.

그가 그럴 것이라고 예측했기 때문이었는지, 그의 어머니는 나에게 전화해서 그가 오지 않을 경우에는 자신에게 꼭 연락해 달라고 부탁하기도 했었다. 그는 그의 어머니와 함께 있었던 6개월 동안의 필리핀 어학연수 때도 어머니 속을 꽤나 썩였던 것 같았다. 그가 가끔 필리핀에서 있었던 일들을 얘기해줄 때마다 선배들과 함께 클럽에 다니면서 겪었던 일들을 말하곤 했었다.

나는 우리의 마지막 수업에 그에게 이런 말을 해주었다.

"난 담배 냄새를 몹시 싫어한단다. 그래서 너와 수업할 때마다 너의 담배 냄새 때문에 힘들기도 했었지. 하지만 난 너의 미래가 잘되도록 해주기 위해 한 부분이나마 도움을 주려는 사람으로서, 내가 겪는 불편함은 잠시 이겨낼 수 있다고 내 자신과 약속했기에 오늘 이렇게 마지막 시간까지 올 수 있었단다.

아무쪼록 네가 잘되기를 바란다. 하지만 잊지 말아야 할 것이 있다면 네 뒤에는 네가 잘되기만을 기원하며 사는 사람들이 있다는 것과 그렇기에 너는 그들에게 감사하며 겸손해야 하는 것이 사람의 도리라는 것이다. 나는 잠시 불편을 감수하며 3달을 견뎌왔지만 너의 부모는 너를 위해 지금까지 그렇게 지내왔고 앞으로도 그렇게 지낼지도 모른다. 부디 부모님을 많이 사랑하길 바라고 부모님에 대한 감사의 표시로써 우선 담배를 끊는 것이 어떻겠니?

나는 담배라는 것을 미성년자들이 피워서는 안 된다고 주장하는 사람은 아니다. 그냥 어떤 누구에게도 담배는 좋지 않다는 것이다. 내가 과거에 폐결핵을 앓고 난 뒤 한쪽 폐가 나빠져서 그런지 몰라도 난 담배 냄새가 정말 싫단다. 그리고 넌, 유학을 필리핀에서 마치면 안 된다. 꼭 대학을 졸업하기를 바란다. 대학을 나와야지만 잘되는 것은 아니겠지만, 만일 네가 필리핀에서 고등학교를 마친 것으로 끝낸다면 지금 필리핀의 국제적 위상을 볼 때, 너는 우리나라에서조차 필리핀 고등학교 졸업생 명함을 내밀 수 없을 것이다. 네가 필리핀에서 고등학교에 다니는 것은 남들과 다른 면이 있었기에 그렇다는 것을 네 자신은 잘 알고 있을 것이다. 부디 대학교에 진학하기를 바라며 가능하면 대학교육은 미국이나 캐나다 등의 영어권 국가에서 받기를 바란다. 동물은 털을 벗거나 껍질을 벗으면서 성장하듯이 사람은 변화하면서 자란단다. 그러니까 현재 자신의 모습이 내 인생의 모든 것이라고 실의에 빠져 체념한다거나 반대로 좋아하는 데 만족하지 말고 다가올 변화를 계획해야만 한다. 변화에 대처할 준비를 하는 사람만이 보람된 삶과 후회 없는 삶을 살게 되는 것이란다.”

9

지독한 중국 동포

영어 가르치는 일을 시작한 지 얼마 되지 않아 40대 여성인 중국 동포가 찾아와 영어를 배우고 싶다며 물었다.

"6개월 정도 배우면 영어를 할 수 있나요?" (당시에 만났던 중국 동포들은 대개 기간을 정하며 완성 가능성을 물었었다.)

이에 나는 확실히 답해주기를 곤란해 하며 막연하게 답했다.

"자신이 하기 나름이지요."

당시 나의 영어교육장은 지금처럼 삼익아파트 상가에 있었는데 그 건물은 중국의 여러 항구를 드나드는 제2국제여객터미널 부근에 위치했었다. 그래서 그 일대에는 중국으로부터 '따이꽁'을 통해 들여온 농산물들을 판매하는 곳들이 있었으며 중국과의 무역을 돕는 무역사무실들도 많이 있었다.

그녀는 중국에 본사가 있는 무역회사의 인천 사무실에서 근무한다고 했다. 그런데 중국인들과 한국인들 사이에서 통역을 할 때마다 한국 사람들이 영어를 많이 사용해서 통역하기가 쉽지 않았다고 했다. 그래서 업무를 보는 동안 한국 사람들과 무역에 관한 것을 비롯한 그 밖의 여러 가지 얘기를 나누면서 일상 대화 속에서의 영어에 익숙해져 보려고 했는데 잘 되지 않아 영어를 제대로 배울 생각에 학습기간을 물었다고 했다.

중국 단둥에서 대학을 졸업했다는 그녀는, 대학에서 영어를 배우지 않았었으며 고등학교 때도 한족들에게는 영어를 가르쳤지만 조선족에게는 일본어를 가르쳤었기에 영어를 접해보지 못했다고 했다. 내가 생각하기에 그녀는 영어 수준이 우리나라 어린이 수준이나 마찬가진데, 영어가 급하다고 하니 기초부터 차곡차곡 가르칠 수도 없고, 고민 끝에 영어 알파벳부터 시작하며 매일 라디오를 듣고 텔레비전, 신문, 잡지 등을 보다가 마주친 영어단어로 영어를 알아가기로 했다.

다음 날 그녀는 공책 한 페이지를 다 채울 만큼의 외래어를 한글로 적어왔다. 어디서 그렇게 많이 발견했는지 기가 막힐 정도였다. 그녀에게 어디서 이렇게 많은 외래어를 찾았냐고 물어보니, 텔레비전도 보고 신문, 잡지를 읽었는데 광고에 많이 들어 있다고 하였다. 하나하나 들여다보니 정말로 우리들이 자주 접하는 외래어였다.

광고 속 외래어들을 살펴보며 이 회사들은 도대체 한국인을 대상으로 상품광고를 하는 것인지 의심스러울 정도였으며 처음으로 '우리나라는 큰일 났다'는 생각도 했었다. 우리말로도 충분히 표현할 수 있는 말들도 그렇게 외래어로 사용하니, 얼마 있다가는 우리말이 사라질 것처럼 느껴지기도 했었다.

그녀가 공책의 한 페이지에 적어온 외래어는 열흘 정도에 걸쳐 하나하나 설명과 함께 예문을 만들어가며 이해시킬 수 있었다. 그 가운데 지금도 기억나는 단어는 '컨설턴트'와 '시즌' 그리고 '더치페이'이다.

'consultant'는 상담원이라는 뜻으로 '보험 상담원'이라고 하면 되는데, 굳이 '보험 컨설턴트'라고 해야만 더 품위가 있고 능력이 발휘될 수 있는 것인지 비웃음이 나오기까지 했다.

'season'이라는 뜻은 계절이나 철, 기간 등을 나타내는 영어로서 '여행 시즌'이 아니라 '여행 철'이면 되고 '독서 시즌'이 아니라 '독서 기간'이라고 하면 된다.

그리고 '더치페이'는 우리나라 사람들이 잘못 사용하는 콩글리시로서, 원래의 영어는 'Dutch treat'라고 하는데, 이것은 '각자 지불'로 표현하면 된다.

그런데 사실 나도 그동안 이런 표현들을 그냥 듣고만 살아왔지 이렇게까지 영어를 사용할 필요가 있는지에 대하여 한 번도 생각해보지 않았다는 것이 부끄러웠다.

그녀와 한 달을 보내면서 영어의 알파벳과 단어에 적용되는 소릿값 등에 대하여 우리나라 중학교 1학년 정도 수준까지 올려놓을 수 있었다. 중국어는 한자의 발음을 로마자로 표기하는 '한어병음'이라는 발음부호가 있다. 그래서 학교 교육과정을 마친 중국인들은 영어 알파벳의 소릿값을 익히며 영어단어를 읽는 것에 그리 큰 문제가 없었다. 또한 그녀가 매일 매스미디어를 통해 발견해오는 외래어도 매일 설명과 함께 그것들을 말에 담아 실제적으로 표현하며 연습했기 때문에 금방 익숙해질 수 있었다.

이제 영어라는 말과 문장을 읽고 쓰고 그리고 말하기를 시작할 때였다. 그녀는 바로 영어의 어순에 익숙해지기 위해 영문법을 이해해야만 했다. 흔히 말하길, 영어와 중국어는 어순이 같기 때문에 중국인들은 영어를 배우기 쉽다고 말한다. 하지만 이 말이 완전히 맞는 것은 아니다.

'나는 한국인이다'를 중국어로 '워 시 한구어 렌'이라고 말할 때처럼 '워'는 '나'를 나타내고 '시'는 '이다'라는 동사가 된다. 그러므로 이 말이 영어로 'I am a Korean.'이 되니까, 이때는 중국어와 영어의 어순이 같다고 말할 수 있다. 그러나 '너는 어디 가니?'가 '니 취 나알?'이라는 말처럼 '니'는 '너'이고 '취'는 '가다', '나알'은 '어디'가 되니, 이를 영어로 'Where are you going?'이라고 하는 것을 볼 때, 영어와 중국어의 어순은 완전히 같다고 말할 수는 없다. 다만 중국어의 발음에는 영어처럼 'f'와 'r'의 발음이 있어서, 중국인이 영어를 발음하는 것이 우리나라 사람이 영어를 발음하는 것보다 유리하다. 어쨌든 그 중국 동포도 중국에서 태어나 중국어를 사용했기에 영어의 어순 적응에 있어서도, 한국인보다는 조금 더 나을 것이라 생각하며 잘 따르기를 기대했었다.

영어의 어순에 익숙하게 만들기 위해 그녀에게 우선 영어의 특징인, 무엇보다 주어와 동사가 문장의 앞부분에 있으며 이 두 가지만으로도 바로 말이 된다는 것을 이해시켰다.

특히, 명령 또는 부탁하는 것, 묻는 것, 부정하는 것, 감탄하는 것 등 대부분 말의 형태 표시도 문장의 앞부분에 놓여 있으며 이 모든 것이 주어와 동사에 달려 있기 때문에 영어 문장의 앞부분은 무척 중요하다는 것을 강조하며 가르쳤다.

주어와 동사의 표현에 있어서, 주어는 인칭과 수량을 포함하고 동사는 시간을 포함한다는 것을 절대 염두에 두라고 하였고 구체적인 표현은 필요한 단어가 앞 단어와 의미가 통하게 엮여가면서 이루어진다고 설명해주었다. 그래서 영어는 문장의 끝 단어가 잘려나간다 해도 앞부분은 항상 거의 온전한 말이 되는 것을 영어교과서의 모든 문장들을 익히며 체험하도록 했다.

또한 우리말로 영어를 배우기 좋은 점은, 우리말의 단어 끝에는~은, ~는, ~이, ~가, ~에게, ~를 등의 조사가 붙여지기 때문에 영어 문장을 해석할 때, 문장의 첫 단어부터 그 끝에 이런 조사들을 붙이면, 그 단어가 문장에서 차지하는 역할이 분명해지며 다른 단어들과 잘 연관되어 우리말의 어순이 바뀐다 해도 그 내용이 달라지는 것 없이 잘 이해된다는 것을 역시 영어교과서를 통해 확인할 수 있도록 해주었다.

이렇게 하면서 그녀는 영어의 어순과 문법 그리고 중학교 영어교과서의 모든 어휘들을 자연스럽게 습득하였다.

얼마 뒤 난 그녀를 보고 지독하다는 말을 저절로 하게 되었다. 그녀는 우리나라 중학교 1, 2, 3학년의 영어교과서를 모두 6개월 만에 마쳤다. 아니 마쳤다고 표현하는 것이 아니라 문장 전체를 다 외웠다고 해도 과언이 아니었다. 그녀는 그러면서 덧붙여 말하기를, 영어가 재미있다고 했다. 그녀는 마침내 나를 찾아온 지 8개월째 되던 봄에 꽃을 찾아 떠나는 나비처럼 훨훨 날아가 버렸다.

10

팝송으로 영어를

백화점 문화센터에서 개설한 '팝송영어' 강좌를 맡아 4년 정도 강의했었다. 그 강좌는 문화센터 측에서 이미 개설했던 것으로서 나는 다른 강사가 맡았던 것을 이어받았다.

팝송영어란 말 그대로 팝송을 통해 영어를 배우는 것으로서 어떤 팝송을 선정하여 가사에 담긴 내용을 이해한 뒤 멜로디를 익히는 것이었다. 그런데 대부분의 수강생들은 영어에 비중을 두기보다는 팝송을 배우려는 데 뜻을 두고 있었다. 그렇기 때문에 그 강좌의 강사는 영어는 물론 음악 능력이 있어야 강의를 위해서나 학생들을 위해서도 더 도움이 될 것이었다. 그러다 보니 강의실에 팝송을 부를 수 있는 노래방 시스템이 갖춰지기도 했다.

수강생들이 말하길, 그런 환경에서 멜로디를 반복적으로 들으면서 노래 부르다 보면 스트레스가 해소된다고 했다. 그 강좌의 수강생들은 대부분 가정주부들이며 과거에 팝송을 좋아했었거나 팝송에 추억을 묻은 사람들이 많았다. 경제적으로 안정된 60세 전후의 주부들이자 대부분 베이비부머 세대인 그들은 팝송영어를 통해 영어를 가볍게 배우면서 소일한다고 했다.

그런 강좌가 개설된 것은 백화점 측의 영업 전략의 일환이다. 그들은 고객들에게 문화적인 서비스를 제공한다면서 저렴한 수강료를 받으며 일주일에 한 번 정도 강좌를 개설했다. 그러면 고객들이 강의에 참여하러 왔다가 쇼핑을 하는데 실제로 나의 수강생들의 몇몇은 그 백화점의 VIP 고객이어서 백화점에서 그들을 위해 마련한 각종 혜택을 받기도 했다.

내가 그 강의를 하려고 마음먹게 된 것은 내 자신이 팝송 덕에 영어를 즐기고 익힐 수 있었기 때문이었다. 그래서 내가 팝송을 통해 영어를 익혔던 방법을 그들에게 소개하며 그들이 영어를 익힐 수 있도록 도움을 주려고 했다.

그런데 막상 그들과 몇 번의 수업을 해보니 나의 생각과 기존 학생들과의 생각에 차이가 있다는 것을 알게 되었다. 그들은 팝송을 통해 영어를 익히기보다는 주로 팝송을 부르며 스트레스를 풀고 즐기기를 원했었다. 학생들의 영어 능력을 향상시키는 등 교육을 목적으로 하는 교육기관과는 전혀 딴판이었다.

나는 강의를 3개월인 한 학기만 하고 그만두어야겠다는 생각을 가지며 강의의 횟수를 지워갔다. 그러던 어느 날 나보다 나이가 많았던 한 주부 학생이 휴대폰 메시지를 보여주며 도움을 요청했다. 그녀의 요청은 진심이기도 했고 자랑이기도 했다. 그 메시지는 미국에 사는 외손자가 보내온 것으로서 사진과 함께 영어로 쓰여 있었다. 나는 그 메시지를 모든 주부 학생들이 있는 가운데 설명해주었다. 그러자 이와 비슷한 얘기들이 봇물 터지듯 쏟아져 나왔다.

대부분의 주부 학생들은 해외에 거주하는 친인척들이 있는데 그들의 집을 방문하거나 여행을 했었을 때 영어를 하지 못해 곤혹을 치렀던 일들이 있었기에 영어를 배운다고 했다.

그 말에 영어학원에 다니면 되지 않느냐고 했더니 영어 실력이 너무 낮아 배우기가 두렵고 마땅히 배울 학원도 없다고 했다.

그리하여 그들이 팝송영어를 수강하려는 다른 이유도 있다는 것을 알게 되면서 영어를 중점적으로 배울 수 있도록 강의 내용을 바꾸겠다고 했더니 대부분 좋아하며 찬성의 목소리를 높였다. 그랬더니 팝송으로 영어를 배울 수 있는 요령이 알려지면서 기존 학생들이 지인들을 데려왔기에 이전보다 더 많은 수강생들이 자리를 차지했다.

나의 팝송영어 시간은 추억의 시간이 되었다. 학생들과 함께 선정한 노래에 대한 가사의 뜻을 알아보는 것은 기본이었고 그 노래와 관련된 추억까지 쏟아내니 모두 엊그제 학창 시절을 보낸 것처럼 젊어지고 있었다. 난 갑자기 10대 소녀들과 함께 있는 착각이 일 정도였다.

그런 식으로 오전 시간에 여러 곳의 문화센터에서 팝송영어 강의를 이어가다 보니 어느덧 4년이 흘렀다. 비록 말할 수 없을 만큼의 적은 강사료를 받으며 백화점의 발전을 돕는 역할을 했었지만 영어에 목말라하는 학생들의 갈증을 해소하면서 그런 사람들이 많다는 것도 알게 되었다.

학창 시절 영어는 의사소통을 위한 방법과 목적으로 배우기보다는 그저 시험을 위한 주요 과목으로서 힘들어하며 배웠었다. 그러기에 졸업과 동시에 멀리했고 세월을 보내면서 잊었건만 세상이 바뀌어 자손들을 비롯한 지인들이 온 세상에 나가 살다 보니 영어를 해야 할 필요성을 느낀다고 했다.

그래서 특히 베이비부머 세대들이 영어를 배울 곳이 필요하게 되었다. 이 말에 왜 영어를 배울 곳이 없냐고 반문할 수도 있겠지만 이들은 영어를 검정고시학원이나 일반학원에서 배우기에 모호한 면이 있다. 내 생각이지만, 정부에서 국민복지 차원에서 이들이 상시적으로 영어를 접할 수 있도록 쉬운 프로그램을 마련해준다면 좋을 것 같다.

학원에서 학생들에게 '관계대명사'를 설명할 때마다 항상 떠오르는 분이 있다. 문화센터 '팝송영어' 강좌를 마지막으로 하는 날이었다. 수업을 마치고 마지막 인사를 나눈 뒤 가방을 정리하는데, 어느 분이 질문해도 되냐며 나에게 다가왔다. 그러면서 그녀는 'You are the only teacher I respect.'라는 말이 관계대명사 문장이냐고 물었다. 그래서 그렇다고 말해주자, 선생님 덕분에 관계대명사를 확실하게 알게 되었다면서 작은 선물을 건네주었다. 나중에 상자를 열어보니 그 안에는 그분이 물었던 'You are the only teacher I respect.(당신은 내가 존경하는 유일한 선생님입니다.)'라는 메모가 함께 들어 있었다.

11

영어가 좋아

영어교습소로 출근하는 길에 동네에서 마주치곤 했던 60대 말 정도로 보이는 남성이 있었다. 자그마한 키에 생글생글 웃는 모습이 친근감을 더해주는 분이었다. 그는 나를 만날 때마다 습관적으로 물었다.

"영어를 배우러 가도 되나요?"

그는 그렇게 말하면서 줄줄이 암기하고 있는 영어성경구절을 낭송했었다.

"네, 언제든지 오세요. 무료로 배우실 수 있는데요, 단 학생들과 함께 수업을 하셔야만 한답니다."

어느 날, 수업 중에 그분이 교습소 문을 살그머니 열고 교습소 안을 살폈다. 그래서 나는 그에게 들어오라며 자리도 제시하여 그때부터 그는 나와 함께 영어 즐기기를 시작했다.

인천의 어느 교회에서 영어예배에만 참석한다는 그는, 집사 직분으로 열심히 신앙생활을 하고 있었다. 그러면서 그는 성경을 영어로 암송하는 것을 믿음의 바탕으로 놓고 있는데, 이는 영어를 하기 위한 방법으로 오래전부터 습관화된 것이라고 했다. 아마도 그는 나와 성경으로 영어 공부를 하기 원했던 것 같았다. 하지만 나는 그렇게 할 시간도 없었거니와 그럴 능력도 없다고 생각했었다.

그는 젊었을 때 건축 설계를 했었고 중동 국가에서 일을 했었다고 했다. 그러면서 그곳에서 영어를 사용했다고 했는데 내가 잘 알아듣지 못하는 발음으로 영어를 말하곤 했다. 그래서 그가 영어로 말하는 것을 들으려면 신경을 많이 쓰게 되어 금방 피곤함을 느꼈었다. 또한 그가 영어로 무척 빠르게 암송하는 성경 내용을 듣게 되면 조금 짜증이 나곤 했다.

어쨌든 그는 나의 교습소에서 정해진 시간에 학생들과 함께 영어명작소설로 수업을 해야 했기 때문에 영어성경에 대한 얘기는 쏙 들어가게 되었다. 그도 어린 학생들처럼 똑같은 방식으로 책을 읽고 질문에 답하고 영작하게 되었다.

그런데 그가 책을 읽게 되면 학생들이 폭소를 터뜨리는 일들이 한동안 계속 이어졌었다. 그의 영어 발음은 너무 이상했고 문장을 읽을 때는 묘한 멜로디가 있었다. 나는 그의 발음을 고쳐주기 위해 CD를 들려주었다. 왜냐하면 내가 몇 번을 말해도 고쳐지지가 않아, 나를 못 믿어서 그런가 생각했기 때문이었다. 결국 나는 그의 발음이 고쳐지는 것을 포기하면서 그의 잘못 배운 영어가 어떤 결과를 초래하는지 학생들에게 반면교사(反面教師)가 되기만을 바랄 뿐이었다.

그는 상당히 자상한 사람이자 아이들에게도 무척 친근한 성격을 가지고 있었다. 수업 시간에 아이들을 배려해주는 것과 어떤 아이가 무엇인가를 잘 모를 때는 자신이 알고 있는 것으로 너무

나 친절하고 다정스럽게 잘 이해시켜 주곤 했다. 그리고 어떤 때는 아이스크림을 사와서 아이들을 위해 아이스크림 파티를 열어주기도 하는 등 아이들에게 인기 만점이었다.

그는 영어가 너무 좋았지만 학창 시절 가정이 어려워 실업계 고등학교에 진학하면서 영어를 많이 배울 수 없었다고 했다. 하지만 건축 설계를 하면서 돈도 많이 벌었었는데 사기를 당해 모든 것을 한꺼번에 잃고 얼마 전까지 택시기사 생활을 하면서 이집 저 집 옮겨 다니며 산다고 했다. 그러면서 자신이 잘살았을 때 마당에서 명견들을 기르면서 그때 모아두었던 애견 책들이 많다고 했다. 그는 내가 개를 기르고 있다는 것을 알고 그런 말을 한 것이었으며 그 책들을 읽어보라면서 정말로 오래된 몇 권의 애견 책들을 가져다주기도 했다.

그는 나를 위해 많은 것을 도와주려고 애썼다. 내가 교육 장소를 옮길 때는 짐도 날라주고 모든 용품들을 새것처럼 닦아주기도 했다. 한번은 나의 학생 아버지가 '세계 맥주'점을 열어, 인사치레로 술을 팔아주기 위해 방문할 계획을 가졌었다. 그런데 같이 갈 사람이 없어서 머뭇거리고 있었는데, 종교적인 이유로 전혀 술도 못 마시는 그였지만, 함께 가주기도 했다. 우리는 많은 얘기를 나누며 그럭저럭 몇 달을 지냈지만 그는 자신의 가족사에 대해서는 한마디도 하지 않았다.

그와 함께 영어를 익힌 지 6개월 정도가 되던 날, 그는 사회적 기업에 취직하게 되어 수업에 참여할 수 없게 되었다고 했다. 하지만 시간 날 때마다 들른다고 했는데 정말로 간혹 찾아주었고 자신의 회사에서 판매하는 걸이용 화분도 사다 주었다. 하지만 그 회사는 오래가지 못해 문을 닫고 말았다. 그래서 그는 다시 영어를 즐기러 왔다. 나는 나의 저녁 시간에 맞추어 그와 함께 중국음식점에 가서 자장면을 함께 먹는 등 마치 그와 동료처럼 지냈었다. 그러나 그는 얼마 뒤 또 떠나게 되었다. 이번엔 어느 중학교의 야간 당직자로 취직하게 되었다고 했다. 한마디로 그에게는 밤이 없는 꼴이 되었다. 그는 떠난 뒤 두 달 정도 지나자 다시 나를 찾아왔다. 그래서 또 그만두었나 하고 추측했었는데, 출근하기 전에 나에게 밥을 사주겠다며 찾아왔던 것이었다. 우리는 내가 단골로 정한 식당에 가서 순댓국을 맛있게 먹으면서 그의 학교생활 얘기로 즐거운 시간을 보냈다.

그는 저녁에 학교에 출근하면서 학교에 남아 있는 아이들을 만났을 때, 나와 함께 익힌 명작소설의 내용을 영어로 말해준다고 하였다. 그래서 그는 그 학교의 '야간 영어선생님'이라는 애칭을 얻었다고도 했다.

그와 나는 그렇게 영영 헤어졌지만 그가 나에게 남긴 것이 있다. 나는 두 마리의 개를 기른다. 하나는 진도견이고 다른 하나는 영국의 콜리 변종이다. 그런데 콜리 변종은 그가 데려온 강아지다. 어느 날 아침에 그가 강아지 한 마리를 새끼줄로 매어 데려왔다. 그러면서 그 강아지를 누군가 키워줬으면 좋겠다고 하기에 그 강아지를 어디서 데려온 것이냐고 물었다.

"같은 교회에 다니는 권사님의 강아진데 원래 원주에 사는 딸의 집에 있는 개가 새끼를 낳은 것입니다. 그 권사님의 딸은 영국의 '콜리'견 암컷을 주택 마당에서 키우면서 순종 수컷과 교미를 시켜 그 암컷이 새끼들을 낳을 때마다 지인들에게 분양해주곤 했답니다. 그런데 어느 날 알지 못하는 수컷이 들어와서 그 개를 임신시켜서 두 마리의 새끼를 낳았는데 순종이 아니라서 인천에 사는 우리 교회 권사인 그녀의 어머니에게 두 마리를 다 보냈다는군요. 권사님도 주택에서 살기 때문에 마당에서 개를 기르는 것은 문제가 없었지만 자꾸 수놈인 얘가 다른 암놈 강아지를 괴롭혀서 얘를 다른 집에 분양해달라고 부탁하기에, 원장님도 강아지를 좋아하고 학원 마당에서 기를 수 있을 것 같아서 데려왔습니다."

나는 그의 말을 듣고 그놈이 불쌍하여 내가 기르기로 결정하고 집으로 데려갔다. 그런데 나의 집에는 진도견인 '팔봉'이가 있어서 같은 수놈끼리 싸우지 않을까 걱정했지만 '팔봉'이가 '삐삐'를 많이 배려해주어 함께 잘 살아왔다.

'삐삐'를 볼 때마다 생각나는 그분, 영어를 좋아하는 그가 그 열정으로 항상 건강하고 행복하기를 바란다.

12

공부방 선생님

나에게 영어를 배웠던 제자가 나에게 전화했다.

"선생님, 의논할 것이 있는데 찾아뵐 수 있을까요?"

자신이 누구인지 설명한 이후 그녀가 한 말이었다. 모든 것이 정확하게 기억되지는 않지만, 10년 전쯤 그녀가 고등학교 3학년이었던 여름방학 때부터 수능시험이 있기 전까지, 과외수업처럼 1대 1로 매일 늦은 밤에, 영문법에 대한 정리를 독해의 요령과 함께 배웠던 여학생이었다.

나는 수업 시간만 빼고 미리 약속하면 언제든지 만날 수 있다고 대답해주며 무슨 일인지에 대해서도 물었다.

"제가 사는 아파트에 공부방을 차렸어요. 초등학생과 중학생을 대상으로 전 과목을 다 봐주는데 영어 공부를 싫어하는 중학생들을 가르치는 요령을 알고 싶어서요?"

그녀의 말이 조금 다급하게 느껴졌었다. 나는 그녀에게 충분한 도움을 주기 위해 일부러 시간이 넉넉한 토요일 오전에 나의 교육장에서 만나기로 하여 만나게 되었다.

수도권의 어느 대학에서 수학을 전공한 그녀는 대학을 졸업한 뒤 취업이 되지 않아 몇 번 공무원시험을 보았다고 했다. 하지만 번번이 낙방하게 되어 고민 끝에 살고 있는 아파트에 공부방을 차리게 되었다고 했다. 몇 년 전 교통사고로 아버지가 돌아가셨고 언니는 작년에 결혼했으며 자신은 식당을 하는 어머니와 함께 살고 있는데 작년에 새로 이사 온 아파트 단지에 학생들이 많아, 그들을 가르치는 것을 직업으로 삼을 생각으로 공부방을 열었다고 했다.

"공부방을 차린 지 얼마 안 되었으니 학생들은 많지 않겠네?" 나는 위로하겠다는 생각으로 그런 말을 꺼냈었다.

"아니요, 40명은 돼요. 그 아파트 단지에는 초등학생을 둔 젊은 부부들이 많이 사는데, 대부분 맞벌이를 하여 부모들이 자녀들을 안전하게 맡길 겸 공부시킬 수 있는 곳을 필요로 하기 때문에 공부방을 열자마자 많은 학생들이 몰려왔어요."

나는 속으로 '와, 대박이다!'라고 외치며, 그럼 주변엔 학원이나 교습소 등은 없냐고 물었다.

"요즘에 초등학교와 중학교에서는 영어와 수학 등을 방과후수업으로 많이 해서, 웬만해서는 전문적으로 학원에서 영어와 수학을 배우려는 학생들이 줄고 있어요. 더구나 예전과 달리 학교에서 영어나 수학 등을 중요하게 여긴다거나 자주 시험도 보지 않기 때문에 오히려 전체 과목을 골고루 뒤떨어지지 않게 배우려고 전 과목을 살펴주는 동네 공부방을 찾는 경향이 많아요." "중학교의 경우는 더한 편이에요. 특목고 등에 진학하려는 학생들이나 영어와 수학이 특별히 영향을 준다고 생각하지, 일반적으로는 모든 과목에 대한 내신 성적을 중요하게 여기며 학교생활에 충실하기를 우선으로 두기 때문에 부모님들이 자녀들을 믿고 맡길수 있는 사람에게 부탁하는 꼴이랍니다. 그래서 제 아파트 단지에는 거의 동별로 하나씩 공부방이 있을 정도랍니다."

그러면서 그녀는 중학생들에게 영어를 가르치는 데 있어서, 잘하는 학생들은 괜찮은데 못하는 학생들에게는 어떻게 가르쳐야 하는지 요령을 알고 싶다고 했다. 그래서 나는 우선, 그녀에게 영어를 어떻게 가르치는지 물어보았다. 그랬더니 학교 교과서에 맞추어 나온 문제집들이 있어서 그것을 풀게 한다고 했다. 그러면서 영어 점수가 좋은 학생들은 문제집도 잘 풀고 단어들도 잘 외우는데 점수가 낮은 학생들은 문제도 이해하지 못하고 근본적으로 단어도 암기하지 않는 등 영어를 좋아하지 않는다고 말했다.

그런 말들을 다 듣게 되자, 예전에 학교 다니던 시절의 영어교육이 떠올랐다. 그러면서 영어교육이 옛날로 다시 돌아가고 있음을 느꼈다. 사실 학교에서의 영어교육의 방법은 많이 변해가고 있다. 학생 수도 많지 않아 수업하기에도 효과적이고 학생들마다 실용적인 표현이 담긴 대화의 내용을 직접 해보게 하는 수행평가 등을 통해 학생들이 능동적으로 수업에 참여하는 환경이 형성되어 가고 있다. 아직 가야 할 길은 멀지만 과거에 비한다면 무척 개선되었다는 것을 학생들을 접하면서 느낄 수 있었다. 그런데 사교육이 이에 역행하며 경쟁 위주로 잡아둔다든지 이기적이 되게끔 이끌고 있음을 느끼게 되었다. 사교육이 존재하는 이유는, 공교육을 따라가지 못하는 학생들을 위함이라고 나는 생각했다. 그런데 많은 사교육 업체들이 수익창출을 위해 경쟁을 부추기는 환경을 만들어내고 있다. 그러면서 그런 형태의 사교육이 공부방이라는 탈을 쓰고 동네마다 자리를 차지하며 교육의 뿌리를 흔들고 있는 것이었다. 물론 전체가 그렇다는 것은 아니다. 문제는 교육의 사명감이 부족한 업주들이 자신의 이익만을 위해 시험만을 중요시 여기게 하면서 경쟁을 유도하고 있는 것이다.

나는 영어를 가르칠 수 있는 능력도 없는 사람들이 영어를 마구잡이로 가르치고 있는 공부방에 대하여 학생들을 통해 들은 적이 있었다. 그런 일이 있어서는 안 된다. 그에 대한 것은 다른 과목도 그렇지만 특히 의사소통이 목적이 되는 언어의 경우는 있을 수 없는 일이다.

나는 그녀에게 많은 얘기들을 해주며 영어교육에 대한 올바른 정신을 심어주었다. 그러면서 나의 경험을 통해 알게 된, 영어를 싫어하는 학생들에게 영어를 좋아하게 할 수 있는 요령을 알려주었다.

1. 영어라는 것도 그저 사람이 하는 말 가운데 하나로서 소통을 위해 배운다는 의식을 넣어준다.
2. 영어를 싫어하는 학생들과 영어를 좋아하는 학생들과 함께 수업하지 않는다.
3. 학교 교과서로 수업하며 학교의 수업 내용을 물어본다.
4. 적어도 하나의 문법을 완벽하게 이해시키며 그것이 시험에 나왔을 때, 성취감을 맛볼 수 있도록 해준다.
5. 학교 영어교과서는 보통 문법의 종류에 따라 정해져 있으므로 각 내용에 담긴 어휘들로 해당 영문법이 사용되는 말을 만들며 영작 위주의 수업을 하여 영문법을 실용적으로 터득할 수 있도록 해준다.

6. 절대로 양이 아닌 질 위주의 수업을 하며 진도에 서두르거나 시험 결과에 좌우되지 말아야 한다.

이런 얘기들을 모두 내가 직접 체험했던 실화를 예로 들면서 잘 이해할 수 있도록 설명해주었다. 그러면서 마지막으로 전해준 말이 있었다.

"너나 나나 우리들 자신들의 옛 모습을 되돌아보면 거기서 답을 찾을 수 있단다. 내가 예전에 영어를 배웠을 때의 모습을 기억할 수 있다면 나는 오늘 어떠한 자세로 영어를 가르쳐야만 할 것인가를 알게 될 것이다.

부모가 되었든 자신의 뜻에 따라서였든 나에게 배우러 온 학생은 무엇인가 자신에게 도움이 되거나 즐거울 때 지속적으로 올 것이다. 그것을 유지할 수 있게 만들어주는 것만도 사교육을 잘 하는 것이다. 그렇게 하다 보면 어느덧 문제점이란 것이 사라져 있음을 알게 될 것이다.

그 학생이 지금 많은 문제점을 가지고 있다는 것은 그 학생의 집에서나 학교에서나 심지어 그 학생의 친구들도 이미 모두 잘 알고 있을 것이다. 그러니 너무 조급하거나 심각하게 생각하지 말고 특히 그 학생이 변하기를 바라기 이전에 그 학생을 좀 더 살펴본 뒤 변화시킬 수 있는 점을 찾아 동기부여 해주는 것이 바른 교육의 자세일 것이다."

13

교회 선생님

서울의 어느 교회에서 '집사'라는 직분으로 청소년들을 지도하는 교회 선생님이 영어를 배우겠다며 등록했다. 그런데 그녀의 영어 실력은 이미 영어권에서 생활하는 데 문제가 없을 정도의 수준이었다. 그녀는 그녀의 교회 청소년들에게 영어를 가르쳐주기 위해서 문법 중심의 교육방법을 배우기 원했었다.

보험회사에서 경리로 일하면서 남동생의 아들과 자신의 남매 등 3명의 아이들을 키우고 있는 40대인 그녀는, 성격이 긍정적이었으며 정신이 맑게 느껴졌었다. 여자상업고등학교를 졸업한 그녀는 영어가 좋아서 고등학교 졸업 후 영어를 스스로 공부해왔으며 지금까지 다닌 영어학원이 2군데였다고 했다.

철저한 기독교 신자로서 믿음을 생활의 중심으로 두고 있는 그녀는, 자녀들 교육 또한 종교적 믿음 속에서 그들이 스스로 헤쳐 나가기를 바란다고 했다. 그래서 그런지 아들은 중학생 때부터 베이스기타를 배워, 두 번이나 서울예술대를 지원하여 낙방했지만 합격할 때까지 아르바이트를 하며 열심히 베이스기타를 연습한다고 했다. 딸은 고등학생인데 공부를 잘해 대학 진학에는 문제가 없을 것 같다고 했다. 하지만 남동생의 아들이 중학생인데 공부도 싫어하고 산만하여 걱정거리라고 했다. 남동생은 같은 아파트 단지에서 살고 있지만 그들 부자간은 서로 만나기를 꺼린다고 했다. 남동생은 이혼한 뒤 재혼했는데 전처에게서 낳은 남동생의 아들과 아내 사이의 관계가 좋지 않아, 고모인 자신이 남동생을 위해 조카를 데려다 기르고 있다고 했다.

나는 그런 그녀를 훌륭하게 여기지 않을 수 없었다. 특히 봉사의 마음으로 영어를 가르치기 위해 영어를 배우겠다고 하니, 내가 하지 못하는 것을 대신 잘 해주기 바라는 마음으로 더욱 정성과 최선을 다해 지도하기 시작했다.

그녀에게, 교회에서 청소년들에게 영어를 가르치려는 것은 선교를 목적으로 하려는 것이냐고 물었다. 그녀가 답하길, 결과적으로는 그렇게 될지도 모르겠지만 지금 당장 교회에 있는 아이들에게 미래의 삶이 될 수도 있는, 행복을 당기는 끈을 달아주고 싶어서라고 말했다.

그녀와 나와의 대화가 이어졌다.

나: 그게 무슨 뜻인지요?
그녀: 제가 다니는 교회는 청소년들이 항상 찾을 수 있도록 매일 개방합니다. 그 이유는 주일날 청소년부와 성인부가 예배를 따로 보는데 부모님의 예배가 끝나면 부모님과 귀가하는 청소년들이 있는 반면에 교회에 남아서 갈 곳이 없는 아이들도 있답니다. 그들은 가정이 원만하지 않아 갈 곳이나 할 것이 없어서 그러는 것인데 주일날 교회에

나와 준 것만도 다행인 것이었지요. 그런데 그들은 주일 뿐만 아니라 평일에도 학교가 끝나면 다른 아이들처럼 학원에 다닌다든지 그럴 형편이 안 되었어요. 그래서 저희 교회에서는 이것을 알고 그들이 평일에도 교회에 와서 지낼 수 있도록 해준 것입니다. 하지만 그들이 교회에 왔더라도 즐길 것이 없다면 누가 오려고 하겠어요? 그래서 교회에서는 여러 성도들의 기부로 탁구대를 설치했고 독서실 그리고 작은 영화관을 마련했어요. 그러면서 그것들이 활성화되면서 성도들의 재능기부가 펼쳐져, 일주일에 한 번씩 악기도 가르쳐주고 축구시합도 하는 등 여러 가지 내용들이 생기게 되었답니다. 그래서 저도 영어를 가르쳐야겠다고 결정했는데 영어를 할 줄 알아도 가르치는 것과는 또 다르기에 찾아왔습니다.

나: 잘 오셨어요. 저도 평소에 그런 생각을 가지고 있었고 이곳에서 나름대로 작게 실천도 하고 있답니다. 요즘 어린이들을 위해 교회에서 영어교육을 할 수 있는 어린이 영어성경 같은 책들도 있는데 그것으로 가르칠 생각은 왜 안 하셨나요?

그녀: 알고 있어요. 하지만 솔직히 그것으로는 일반적인 영어를 구사하게 할 수는 없잖습니까? 저는 구사하는 영어를 할 수 있도록 지도하고 싶습니다.

나: 그래요. 그러면 제가 가르치고 있는 'One Story A Day'라는 교재로 가르치는 것은 어떨까요?

그녀: 네, 사실은 제가 밖에 걸려 있는 'One Story A Day'라는 내용이 담긴 플래카드를 보고 찾아온 것입니다. 캐나

다에서 출판한 것이라고 해서 인터넷을 통해서도 알아보았습니다. 그 교재가 참 좋을 것 같은데요.

나: 네, 그렇습니다. 'One Story A Day'는 캐나다 교육출판사에서 출판한 책으로 친구나 가족 간에 있었던 일과 전 세계의 전설, 자연과 과학, 그리고 역사 등에 바탕을 둔 흥미롭고 감명적인 내용들인 365가지 이야기가 담겨 있지요. 그 책은 캐나다의 전문 작가들에 의해 쓰였는데 365가지의 이야기들에는 그만큼 다양한 어휘들과 문장들이 사용되었지요. 그것으로 가르치기로 하고 여기서 저하고 먼저 예습한다고 생각하면 되겠네요. 그런데 왜 영어를 가르칠 생각을 했나요?

그녀: 사실 제가 그런 식으로 영어를 배우게 되었답니다. 아버지 없이 어머니와 연년생 남동생과 함께 어머니가 시장에서 장사하면서 어렵게 살았지요. 그러면서 제가 초등학교에 다닐 때 이웃에 사는 아주머니가 교회에 가자고 하여 남동생과 함께 교회에 다녔습니다. 그런데 그곳에서 미국에서 살다 오신 어떤 분이 아이들에게 영어를 가르쳐주었는데 그때부터 영어가 좋아서 중학교 때는 전교에서 영어를 가장 잘하기도 했었지만 가정형편상 여상에 진학하게 되었습니다. 그러다 보니 영어를 멀리하게 되었어요. 하지만 졸업 후 직장생활을 하면서 대학을 다니겠다는 생각으로 영어회화학원에 다니면서 진학을 계획했었는데 그만 어머니가 병으로 돌아가시게 되어 대학 진학을 포기하고 남동생을 뒷바라지하면서 살아왔답니다. 다행히 남동생이 공부를 잘해서 좋은 대학을 나

와 좋은 직장에 취직하게 되었고 그때 저는 영어회화학원에서 만났던 분과 결혼하게 되었답니다.

나: 그 이후엔 영어를 어떻게 하셨나요?

그녀: 결혼 이후 바로 대학에 가고 싶었어요. 하지만 아이를 갖게 되어 포기했었는데 아이들이 중학생이 되었고 남편도 직장에서 승승장구하여 생활여건도 좋아졌기에 다시 대학에 들어갈 생각으로 영어학원에 다녔었습니다. 그런데 아들이 학교를 다니지 않겠다는 거예요. 결국 아들은 중학교를 졸업하고 고등학교 진학을 포기했지요. 그러면서 저도 공부할 기회를 또 놓치게 되었답니다. 그때부터 저는 다시 교회에 나가게 되었지요. 그리고 보험회사에 경리로 취직도 했고요. 고맙게도 아이들이 교회에 함께 나가주더군요. 그뿐만이 아니라 아들이 교회에 잘 적응하여 예배 때, 베이스기타를 연주하는 등 달라졌어요. 그러더니 고등학교 졸업 검정고시 공부를 하면서 쉽게 합격하여, 원래보다 1년 더 일찍 고등학교를 졸업한 꼴이 되었답니다. 그래서 두 번이나 서울예술대에 지원하게 되었던 것이지요.

나: 제가 생각하기에는, 삼세번이라고 했어요. 이번엔 대학에 진학해보세요!

그녀: 사실 그럴 생각입니다. 청소년교육에 관해서 공부하고 싶습니다. 청소년일 때 자신의 미래가 어떻게 될 것이라고 장담할 수 있는 사람이 누가 있겠어요. 그저 많은 것을 접하면서 나중에 그런 것 가운데 하나가 자신의 삶을 이끌어가는 수단이 되는 것이지요. 저도 그랬답니다.

초등학교 때 교회에서 처음 알게 된 영어가 좋아서 언젠가는 영어와 관련된 일을 하겠다는 것을 꿈으로 여기며 살아왔지요. 그것이 바로 제 꿈을 담은 선물상자에 달려 있는 끈입니다. 저는 청소년들에게 그런 끈을 담은 선물을 받도록 하고 싶어요. 청소년에 대하여 많이 공부하여 청소년들이 자신의 미래에서 행복을 당길 수 있는 끈을 스스로 달 수 있도록 해주는 일을 하고 싶답니다.

나: 방송통신대에 진학하는 것이 어떨까요? 거기엔 청소년 관련학과가 있는 것 같던데. 저도 방송통신대학교 영문과에서 공부했답니다. 그리고 제 생각에 정식으로 영어학원에서 영어를 가르쳐도 되겠어요. 그렇게 하려면 대학을 나와야 하니 이참에 그런 계획도 가져보세요.

그녀는 방송통신대학교 청소년교육학과에 입학했다. 그리고 나와 함께 **One Story A Day**로 6개월을 보냈다.

아마 그녀가 영어를 가르친다면, 그녀의 영어교육에서는 사랑과 사람 냄새가 흘러넘칠 것이다.

14

미국 유학자의 요청

'One Story A Day'라는 교재로 영어를 가르칠 교습소들을 모집하기 위해 건물 밖에 이를 알리는 플래카드를 걸었더니 30대 중반의 남성이 강사로 일하고 싶다며 찾아왔다. 그래서 나는 강사를 모집하는 것이 아니라 그 교재로 영어를 가르칠 교습소들을 모집하는 것이라고 설명해주었다. 또한 교습소에서는 선생님을 둘 수 없으며 교습소 개설자가 직접 가르쳐야 하는 것이 교습소에 관한 법률이라고도 알려주었다.

그러면서 그에게, 영어 가르치는 것에 뜻이 있다면 영어교습소나 영어학원을 해보는 것이 어떻겠냐며 각 교육원에 대한 자격과 조건 등에 대해서도 설명해주었다. 교습소의 경우, 수입은 잘 가르친다고 소문만 나면, 한 달에 천만 원 가까이 올릴 수도 있고 혼자서 하는 일이니 다른 선생님 때문에 신경 쓰거나 골치 아플 일도 없으며 인건비 등의 다른 지출도 없어서 건물 임대료와 운영비 정도만 제외하면 모든 것이 다 남는 것이라고 했다.

그랬더니 그는, 그렇게 하려면 지역도 골라야 하고 잘 될지 안

될지도 모르며 학생 모집을 위해 기다려야 하지 않느냐면서 학원에서 강사를 하는 것이 더 좋다고 하였다. 나는 잠시 '이 친구는 털도 뽑지 않고 닭을 먹을 생각인가 아니면 자신이 대단하기에 그런 것인가? 그렇게 대단하다면 이런 구석에 와서 왜 영어강사를 하겠다는 거야?'라는 생각까지 하게 되었다. 그러면서, "영어학원에서도 강사를 모집할 때 강사의 능력에 따라 대우를 해주는 것인데"라면서 그에게 핀잔을 주고 싶었다. 그래서 그의 능력이나 알아보고 싶은 마음에, 별 뜻 없이 그의 경력에 대해서 물어보았다.

그는 미국에서 10년 동안 있으면서 대학을 나왔다고 했다.

"그럼 영어는 잘하겠네요. 그리고 영어강의도 해봤겠네요?"라고 묻자, 영어강의는 해보지 않았다고 했다. 나는 그의 나이를 대충 30대 중반으로 보면서 그가 이상하게 느껴지기 시작했다.

'아니, 미국에서 10년이나 있으면서 대학을 나왔으며 나이가 30대 중반 정도 되었고 이렇게 영어강의를 하겠다고 찾아올 정도면 이런저런 것도 경험해보았을 텐데!'

그는 자신의 과거사를 쏟아내기 시작했다. 마치 누구와 대화도 없이 지냈다가 들어줄 사람이 생겨, 잘됐다는 듯, 나를 어렵게 생각하거나 내가 시간이 있는지 없는지 상관도 하지 않고 말을 이어갔다.

"저는 한국에서 고등학교를 졸업하고 바로 군대에 자원입대했었습니다. 공부하는 것을 별로 좋아하지 않았기 때문에 대학에 갈 생각도 안 했었지요. 그런데 우리 집에는 공부도 잘하고 일류대학에 다니는 형이 있었습니다. 아버지는 저를 항상 형과 비교하며 야단만 치다가 제가 대학에도 못 갔으니 군대나 가라고 저를 군대에 보낸 셈이나 마찬가지였지요.

군대에서 대학에 다니다 온 동기생들과 친하게 지냈습니다. 제대할 때쯤 되자, 저는 나가서 무엇을 할지 걱정했지만 대학에 복학할 것이라고 말하는 동기생들이 부러웠었고 나도 그때 처음으로 대학에 가고 싶다는 생각을 했었습니다.

그래서 군 제대 후, 부모님께 대학에 가고 싶다고 했더니 마침 대학을 졸업하고 군대에서 장교로 있던 형이 유학을 권했습니다. 형이 알아봐준 덕분에 미국으로 건너가 2년 동안 영어연수를 받고 대학교에 들어갔지요. 우리 집은 조상으로부터 물려받은 땅이 많았고 아버지가 사업을 하면서도 그것을 잘 유지 관리하여 상당한 부자였었기에 제가 미국에서 유학생활을 하는 동안 금전적으로는 전혀 어려움이 없었답니다.

대학에서 경영학을 공부하며 교회에 다녔었습니다. 그러다가 그 교회의 미국인 목사님 딸과 교제를 했고 결혼도 하게 되었지요. 저희 부모님과 형도 저의 결혼을 찬성했고 미국에 와서 축하해주면서 제가 미국에서 살기를 바랐었어요. 하지만 저는 대학을 졸업하고 한국으로 돌아가고 싶었답니다. 그런데 아내는 그것을 원하지 않았고 저의 부모님도 제가 그냥 미국에서 살기를 바랐습니다. 저는 미국이 점점 싫어지더라고요. 그래서 취업도 하지 않고 몇 년을 지내다가 결국 이혼을 하게 되었답니다.

한국에 오니 일단 좋더군요. 미국에서처럼 자유가 없는 것도 아니고 모든 사람들이 아는 사람들인 것 같고 다 좋았습니다. 하지만 얼마 지나자 무엇을 하면서 살아야 할지 걱정되기 시작했습니다. 형은 좋은 회사에 취직하여 결혼해서 서울에서 살고 있고 저는 부모님과 함께 살며 아버지 사업을 돕고 있지만 독립할 생각을 하는데 무엇을 해야 할지 모르겠더라고요. 그러던 가운데 우연히 이 근처를 지나가다가 영어 가르치는 것이 눈에 띄어 들어오게 되었습니다."

나는 그의 얘기를 들으면서 한 편의 소설을 읽은 것 같았다. 그리고 도와주고 싶다는 생각이 들었다. 그래서 먼저 영어교육에 대한 경험담과 현재의 영어교육환경 등에 대하여 알려주었다.

"우리나라 사람들이 영어를 배우려는 데는 이유가 몇 가지 있습니다. 성인들은 자신의 필요에 의해 스스로 영어를 배우는데, 대개 취업 때문에 토익에서 높은 점수를 얻으려고 배웁니다. 그렇기에 지금은 토익을 보려고 하는 사람들이 많아서 그런 학원들이 인기지요. 그래서 그런 학원에서 강의를 한다면 좋겠지만 알다시피 토익의 공부 방식은 문제풀이가 되니 그런 곳에서 강의할 수 있는 강사가 되려면 문제풀이의 귀신 정도가 되어야 합니다. 그리고 중·고등학교는 학교 시험 위주로 영어를 공부한답니다. 얼마 전까지만 해도 포괄적으로 영어를 익히려는 추세이기도 했었는데 진학을 위한 입시 조건 등에서 내신 성적을 중요하게 여기기 때문에, 그런 것이지요. 그래서 영어가 옛날처럼 학교 시험 위주의 공부로만 돌아가는 꼴이 되었답니다. 초등학생들이 아무리 회화를 중시하는 등 영어다운 영어를 배웠다고 하더라도 특수목적의 학교로 진학할 계획이 없다면 그런 식으로 익힌 영어를 제대로 사용할 기회도 갖지 못하고 그냥 잊게 되는 상황이 되었지요. 어찌 보면 영어 공부를 한 그루의 나무가 되게 하는 꼴로만 가르치는 것 같답니다. 저는 이렇게 영어교육을 시키는 것을 원하지 않습니다. 저는 학생들이 한 그루의 나무가 아니라 숲이 되는 영어를 가르치기 원합니다. 그래서 문제풀이가 아니라

스토리가 있는 영어를 가르치기를 원하지요. 가뜩이나 요즘 학생들은 책을 읽지 않아 정서적인 면이 많이 부족하거든요. 그렇기 때문에 기왕 영어를 공부하면서 과거의 명작이나 이야기로 영어를 배우게 되면 어휘와 영문법은 물론 명작을 통해 인성도 기를 수 있게 되겠지요. 물론 이럴 경우 가르치는 선생님이 훨씬 힘들겠지만요. 혹시 톨스토이 문학을 접해보았나요?"

"아니요. 저는 고전문학을 읽어본 적이 없습니다. 책 읽는 것도 별로 좋아하지 않고요." 그는 좀 머쓱하게 대답했다.

"전 러시아의 대문호 톨스토이와 중국의 대문호 노신의 영향을 많이 받았습니다. 과거에 그들의 작품을 읽었을 때는 잘 몰랐었는데 삶의 시련을 겪으면서 그때야 그 가치를 알게 되었지요. 그러면서 우리나라 대학에서 왜 '영어과'가 아니라 '영어영문학과'라는 명칭을 고집하는지와 영어를 의사소통 위주가 되는 식으로만 수업하지 않는 이유를 알게 되었답니다. 영어를 의사소통 위주로만 가르친다면 기계의 부품만을 알게 하는 것 같고 영어와 문학을 동시에 가르친다면 기계 전체를 알게 해주는 것이라고 저는 생각합니다. 영어를 의사소통의 수단이 되게 하는 목적으로도 배우고 외국의 이야기들을 읽고 말하게끔 배우는 것이 마련된다면 그것은 그 순간뿐만이 아니라 세월이 흐른 뒤에도 영원히 그 가치를 발산하게 될 것입니다. 제가 도와드릴 수 있는 것이 있다면, 그런 영어선생님이 될 수 있도록 해드리는 것입니다. 그래서 학생들에게 영어라는 것을 통해 학생들이 폭넓은 스토리들을 접하면서 다양한 삶 가운데 자신의 길을 선택할 수 있도록 해주는, 작으나마 사명감을 가지며 가르친다는 마음을 가진 선생님이 될 수 있기를 기대합니다. 그러기 위해서는 영어 작품들을 많이 읽어주세요. 그리고 인본 위주의 교육이 될 수 있는 자세도 갖춘다면 더욱 좋겠고요."

그는 나의 애기를 집중해서 들은 뒤, 명심할 것이며 꼭 다시 찾아올 것이라고 말하면서 떠났다.

15

배우는 게 습관

　서울의 어느 문화센터에서 생활영어를 강의할 때, 10명의 학생들이 그야말로 10인 10색이었다. 연령층이 20대에서부터 60대까지로, 20대 말의 숙녀와 30·40대 가정주부들, 남편과 인쇄업을 하는 분, 수학을 직접 가르치며 학원을 운영하는 50대 원장 그리고 60대 시니어들이 있었다. 그들은 대부분 영어는 하고 싶지만 마음이 조여지지 않는 가운데 솔솔 살살 배우겠다는 생각으로, 수강료가 저렴하고 배우면서 여유도 가질 수 있는 백화점 문화센터를 선택하게 되었다고 했다.

　비록 일주일에 한 번, 1시간 30분씩 강의를 했지만 수업 시간만큼은 엄청 진지했다. 월요일 오전 10시 30분에 수업을 시작하니 남편이 출근을 하고 자녀들이 학교에 다니는 가정주부들에게는 그 시간에 자신의 일을 하기에 안성맞춤이었다.

　그런데 40대 초반쯤 되어 보이는 주부가 있었는데, 그녀는 남편이 미국에서 파견근무 했던 관계로 온 가족이 미국에서 3년 동안 살다 왔다고 했다. 영어에 대한 필요성을 절대적으로 느끼지 않은 채 대학까지 졸업했고 직장생활을 했었으며 미국에서도 영어에 대해 큰 부담 없이 지냈었는데 오히려 귀국한 뒤부터 영어에 대한 강박관념에 사로잡혔다고 했다.

당시 한국에서 초등학생이었던 아이들이 미국 학교에 다니면서 금방 영어를 잘하더라는 것이었다. 그래서 교회에 가거나 외출할 때면 아이들이 통역을 해주었으며 자신도 교회에 다니면서 교회에서 미국인들이 영어를 가르쳐주어 배우고 있었지만 아이들을 도저히 따라갈 수가 없었다고 했다.

귀국한 뒤 아이들은 다시 우리나라에서 다녔던 초등학교로 돌아갔고 외국인이 가르치는 영어학원에도 보내고 있는데 자신만이 영어가 능숙하지 못하여 아이들로부터도 놀림을 받는다고 했다. 그래서 집에서 항상 각종 영어 프로그램을 접하고 있지만 잘 익혀지지 않아 스트레스를 받는다고 했다.

그녀가 영어에 대해 그렇게 걱정했지만 다른 학생들은 그녀의 말을 믿지 못하고 그저 부러워하기만 했다. 왜냐하면 그녀가 영어를 읽으면 마치 미국 사람이 말하는 것 같은 발음이라고 여겼기 때문이었다. 그녀의 영어 발음은 참 좋았다. 나는 그녀에게 영어를 들으면 대개 무슨 뜻인지 알아듣느냐고 물었다. 그녀가 말하길, 천천히 말하는 일상적인 대화는 알아듣는데 영화라든지 뉴스 같은 것은 대략만 알아듣지 정확하게는 잘 모른다고 했다. 또한 자신이 어떤 것에 대하여 설명을 하려고 하면 말이 막혀서 끝까지 다 할 수 없다고 했다.

내가 생각할 때, 그녀에게 필요한 것은 생활영어가 아니었다. 만일 생활영어를 계속 배운다면 새로운 것을 배우는 것이 아니라 다만 그녀의 현재 영어 상태를 계속 유지하는 꼴만 되는 것이었다. 그녀에게 필요한 것은 영어권 출신의 외국인이 어떤 분야에 대해 발표하는 것 등을 지속적으로 들으면서 그런 스타일의 말 표현방법과 어휘 등을 익히는 것이었다. 하지만 사실 이런 정도를 수업 내용으로 하는 외국어학원을 찾는 것은 그리 쉽지 않다.

그녀가 만일 영어 능력을 높이려면 어떤 분야의 외국인 회사에서 일한다든지 외국인 학교에 입학하여 정상적인 수업을 받으며 익숙해지는 것이 가장 효과적일 것이었다. 그러면서 한편으로는 자신의 노력이 필요한데, 만일 독학을 원한다면 CD가 포함된 영어명작을 듣고 읽거나 스포츠나 여행, 건강 등의 특별한 취미 생활에 대한 영어 강의가 담긴 강사들의 프로그램을 지속적으로 시청취하는 것이 도움이 될 것이다.

이런 얘기들을 학생들과 함께 나누자 다른 학생들의 얼굴이 어두워지는 듯했다. 그러더니 학원을 한다는 원장이 말했다.

"아니 학교에서 10년 이상 영어를 배웠어도 안 됐는데 이제 와서 뭘 더 기대하는 거야. 그래도 그때 배웠으니까 이 정도 책을 읽을 수 있고 또 계속 이어질 수 있는 것 아니겠어."

그러자 아들이 이탈리아에서 산다는 60대 학생이 말했다.

"그럼, 아무리 그렇다 하더라도, 경우가 되면 어떻게 해서든 통하더라. 내가 이탈리아에 갔을 때, 그곳에서 한 달 정도 생활하며 여행 다니다 보니 대충 무슨 뜻인지 알아먹겠더군." 그러자 인쇄업을 한다는 50대 학생이 결론을 내려주었다.

"취미로 하는 거지. 그렇지 않으면 힘들어서 어떻게 하겠어. 우리도 학창 시절에 다 해보았지만, 그때도 외우면 까먹고 그랬는데, 지금 뭘 더 큰 것을 기대해. 영어 못하면 죽는다 해도 그렇게는 못 할 거야. 그냥 배우는 게 습관인 거야."

16

영어 배워 기타강사 되다

"어제 과음했더니 '행오버' 때문에 힘들어요."

행오버(hangover)는 숙취라는 뜻이다. 그 단어는 얼마 전에 '드라큘라'라는 영어소설을 통해 배웠던 것 같은데, 바로 써먹는 것이 그녀의 습성이었다.

그녀가 그렇게 말하자 함께 수업을 하고 있었던 주부 학생들의 눈이 휘둥그레지며 서로를 쳐다보았다.

나는 나에게 영어를 배우는 학생들의 부모가 학생들과 함께 수업에 참여하는 것을 허용하거나 부모들을 위해 따로 정해진 요일의 오전에 무료로 영어를 가르쳐주는 기회를 마련했었다. 오전에는 예닐곱 명의 주부가 참여했었는데 그 가운데 중학생 딸과 초등학생 아들을 둔 남매의 어머니는 꽤 적극적이었다.

일찍이 시골에서 인천으로 올라와 공장에 다니며 야간에 여고를 졸업했고 이후 결혼과 함께 분식가게를 하며 돈을 벌어 4층 상가주택을 사서 경제적 어려움 없이 살아오고 있다고 그녀는 말했다. 남편은 과거 복서였고 항만노조원으로 부두에서 일하면서 아내와 자녀들만을 생각하며 사는 가정적이고 반듯하며 운동을 좋아하는 사람이라고 동네에 알려져 있었다.

공부에 대한 목마름으로 구청이나 동사무소, 또는 단체에서 개설하는 각종 프로그램이나 심지어 새벽에 공원에서 펼치는 에어로빅 등에도 참가하며 닥치는 대로 소화했던 그녀는 영어도 역시 맛있는 먹잇감으로 여겼었다.

나는 어머니들과의 수업 시간에 영어수업의 효율을 높이기 위해 가끔 기타를 연주하며 팝송을 가르쳐주곤 했었다. 수업방법은 먼저 팝송을 정하고 그 팝송의 가사를 필기한 뒤 CD를 통해 한 번 들어본다. 그런 다음에 그 가사 내용을 분석하면서 가사를 익히고 나서 기타로 반주하며 그 팝송을 불러보는 것이었다. 하지만 나의 기타 연주 실력은 학창 시절에 배운 것으로서 기타코드에 맞추어 스윙만 할 정도뿐이 안 됐었다.

어쨌든 그렇게라도 하면서 수업이 마쳐질 때쯤 되면 모든 어머니들이 여고 시절이나 대학 시절 팝송과 관련되었던 추억들을 늘어놓기도 했다. 그러나 그 어머니는 팝송에 대한 추억이 별로 없었으며 TV 드라마 등의 배경음악을 통해 감동했던 팝송의 멜로디만을 기억하는 것이 전부였다고 했다.

팝송으로 영어를 익히는 날이면 말이 별로 없었던 그녀가 어느 날 한 장의 CD를 내놓았다. 그 CD는 'Evergreen'이 담겨 있는 것이었는데 자신은 그 노래를 좋아한다며 그 노래로 공부하자고 하여 모두가 동의했다. 나는 즉시 컴퓨터를 이용하여 가사를 출력했고 모두에게 가사를 나눠주었다.

"Evergreen"은 캐나다 출신의 가수 Susan Jackson이 부른 노래로서 오래전 MBC TV 주말 드라마 '아들과 딸'에서 소개되어 많은 사람들이 좋아했던 팝송이었다.

항상 팝송으로 공부하는 방식에 따라, CD를 한 번 듣고 가사를 분석했다. 그런 다음에 나는 그 노래의 기타코드에 따라 그 노래를 연주했다. 그러자 어느 누구보다도 그녀가 그 노래를 잘 불렀는데, 그녀는 예전에 TV 드라마를 통해 그 노래를 알게 되었으며 당시 그 노래가 좋아서 그 노래의 CD를 구입하여 많이 들었었다고 했다. 그러면서 그날의 CD는 공부를 위해 새로 구입한 것으로 나에게 주겠다고 했다.

그런 식으로 우리의 수업은 1년 정도를 보냈다. 그런데 어느 날, 한 어머니가 말했다.

"Evergreen이 기타를 들고 다녀요."

'Evergreen'은 그녀에 대해 간혹 애칭으로 부르던 이름이었다. 나는 그 말을 듣고, 아마 그녀가 기타도 배우는가 보다라고만 생각했었다.

또 한 해가 지나간 어느 날이었다. 그녀가 수업 시간에 기타를 들고 왔다. 모두가 그녀의 기타에 관심을 갖고 물었다.

"어쩐 일이에요? 기타 배워요?"

그러자 그녀는 그동안 기타를 배웠었다면서 자신이 배웠던 기타 솜씨를 보여주고 싶어서 기타를 가져왔다고 했다. 그러면서 그녀는 그동안 2년 가까이 클래식 기타를 배웠는데 예전에 배웠던 'Evergreen'을 기타로 연주하며 부르겠다고 했다.

그녀의 연주와 노래가 끝나자 모두는 크게 감동하며 박수를 쳤다. 그녀는 노래보다 기타 연주 솜씨가 대단했다. 그녀는 그 노래를 손톱을 이용해 아래위로 치는 스윙(swing)기법으로나 손가락으로 기타 줄을 뜯는 핑거(finger picking)기법 등을 모두 이용하여 기가 막히게 연주하며 노래를 불렀다. 그 노래를 연주하기 위해서 얼마나 연습했었을까? 갑자기 소름이 돋을 만큼 그녀가 대단하게 느껴졌다.

그녀는 이어서 '로망스'를 완전한 핑거(finger picking)기법으로 연주했다. 보고 들었던 우리는 그녀의 연주에 탄성을 지르지 않을 수 없었다.

또 한 해가 지나자 그녀는 우리를 떠난다고 했다. 그리고 얼마나 지났을까, 도로변 전봇대와 담벼락에 붙어 있는 기타 수강생 모집 광고지를 보았다. 어쩌다 그녀가 살고 있는 건물 앞을 지나가면서 2층을 올려다보니 기타강습소가 차려져 있었다. 그녀는 기타강사가 되어 기타강습소를 차렸던 것이었다.

17

배움이 삶이다

서산시 평생학습센터에서 개설한 팝송영어 강좌의 강사로 나서면서 '삶은 희망에 있고 그 희망은 배움에서 찾고 배움은 또한 삶이다.'라는 것을 깨달았다.

강좌에는 20여 명의 학생들이 수강신청을 했었다. 당시 내 생각에 학생이 20명 정도면 시끌벅적할 것이니 지정한 팝송만 열심히 부르는 것에 강의의 초점을 맞출 계산을 했다.

그런데 첫 시간에 학생들에게 영어로 자신을 소개할 수 있다면 해보라고 했더니, 영어로 자신의 소개와 더불어 여러 가지 표현을 할 수 있는 분들이 반이 넘는다는 것에 놀랐다. 순간 나는 팝송 부르는 것에 대한 비중을 낮추고 영어에 대한 비중을 높이기 위해 수업 내용을 급히 바꿨다.

왜냐하면 학생들의 비위를 맞춰주며 팝송만 연창하는 것보다 그들의 영어 능력을 펼칠 수 있는 기회를 마련해주는 것이 훨씬 더 보람 있다고 생각했기 때문이었다. 또한 학생들이 누구나 다 영어를 배우고 싶은데 대개가 자신의 영어 수준이 낮다고 생각하면서 팝송으로 배우면 쉽게 영어를 배울 수 있을 것 같아서 팝송영어를 신청했던 것이지 원래는 더 깊은 영어를 배우기 원할 것이라고 여겼기 때문이었다.

그런데 일주일 뒤 다음 강의 시간엔 학생 수가 반으로 줄어들었다. 원래 팝송 부르기만을 원했던 학생들이 떨어져 나갔다. 남아 있는 10여 명의 학생 가운데는 학원에서 영어를 강의했던 분들과 외국에서 살았던 경험이 있는 분들, 교직생활을 했던 분들 그리고 영어 강좌를 꾸준히 들어왔던 분들이 대부분이었다. 그분들은 좀 느리더라도 자신의 뜻을 영어로 표현할 수 있었고 웬만한 팝송도 대부분 따라 부를 수 있을 정도로 영어와 가깝게 즐기면서 살아온 분들이었다. 그런데 그런 분들 가운데 놀랍게도 80세 되신 분이 있었다.

그분은 남편이 학교 선생님이었고 자신은 전업주부였지만 학창 시절부터 영어가 좋아서 독학을 해왔으며 평생학습센터가 생기면서부터 각종 영어 프로그램을 줄곧 수강해왔다고 했다. 항상 강의실의 앞쪽에 앉는 그분은 학생들에 대한 나의 질문에 가장 먼저 답하는 경우가 많았으며 영어에 대한 표현 등 여러 가지 질문도 많이 했었다. 함께 수강했던 분들도 모두 그분에 대하여 잘 알고 있었으며 그분을 존경하는 마음과 태도로 대하고 있었다.

강의가 막을 내리고 헤어지던 날, 그분은 나를 그냥 보내줄 수 없다며 식당에 가서 식사를 대접해주겠다고 하여 식당에 갔었다. 나는 그 자리에서 하기 어려운 질문을 했다.

"왜 영어를 배우세요?"(솔직히 속으로는, 그 연세에 무엇 때문에 영어를 배우세요? 라는 질문이었다.)

그분은 나지막하게 말을 시작했다.

"누구나 좋아하는 것을 하고 싶어 하듯이 나도 영어가 좋아서 하는 거예요. 어려서부터 영어를 무척 좋아해서 지금껏 좋아하는데, 유창하게는 못 해도 책을 읽을 수 있을 만큼이라도 배워놓았으니 얼마나 다행입니까? 잘 모르는 말은 무슨 뜻인지 알아보고도 싶고요. 누군가는 외국어를 배우면 치매가 예방되기 때문에 배운다는데 그렇게 된다면 더 좋고요. 그렇지만 나는 어려서부터 배움을 희망으로 두고 살아왔어요. 예전엔 앞으로 무엇을 하겠다는 희망이 있어서 배움을 가졌었는데 나이가 들어 새롭게 무엇을 할 수가 없다고 느끼면서부터 살아 있는 한 무언가를 배워야 사는 재미가 있다고 생각해서 항상 새로운 것을 배우는 것이 희망이 되었고 희망이 있는 것이 또한 살아 있는 모습이 되었지요. 그래서 저는 살아오면서 좋아했었던 영어에, 아직도 모르는 것이 많기 때문에 배우는 것을 희망으로 두고 있고 또한 내가 그것을 알고 있었다는 것을 확인하며 기쁨을 맛보면서 사는 것이랍니다. 비록 중학교 때부터 대학 졸업할 때까지 10년 동안 영어를 배웠지만 영어를 사용하며 살았다거나 직업에서 써먹지는 못했어도 그렇게 배워두었기에 영어를 늙어서도 계속 가지고 놀 수 있는 노리개처럼 가까이 두고 즐기면서 배움의 대상으로 삼으니 좋습니다."

그분의 말에 공감하면서 나는 그분의 제자가 된 듯했다. 나는 그분에게 영어를 가르치러 서산에 내려왔지만 난 그분에게서 인생을 배웠다.

난 내 영어교습소의 학생들에게 영어를 해야 이다음에 좋은 삶을 살 수 있다고 강조하며 영어 공부를 열심히 하도록 유도했다. 하지만 그분이나 평생학습센터의 학생들 모두, 심지어 다른 지역에서 나에게 영어를 배웠던 시니어들은 내 교습소의 어린 학생들의 목표처럼 영어를 배우는 것이 아니다. 영어 배우기를 원하는 대부분의 어른들은 아마도 그분과 같은 의미를 가졌을 것이다.

그분이 말했듯이 나도 그렇다. 나도 한국 사람으로 한국말을 하며 영어를 가르칠 뿐이지 영어를 일상에서 사용하고 있거나 영어권에서 사는 것은 아니다.

간혹 새로운 책을 읽거나 영화를 볼 때 나에게 익혀지지 않았던 어휘들을 발견하고 그것이 무슨 뜻인가를 알려고 노력할 때가 참 좋다. 그것이 바로 그분이 말했던 것처럼 "10년 동안 영어를 배워두었기에 바탕이 생겨, 영어를 늙어서도 계속 배울 수 있는 노리개처럼 가까이 두고 즐기면서 배움의 대상으로 삼았으니 얼마나 좋습니까?"라는 말과 딱 맞다.

인생의 기쁨은 가르치기보다는 배우는 데 더 많이 있을 것이다. 잘 모르는 것이 있을 경우, 찾아보며 알게 되면서 살아가는 것이 더 큰 기쁨이 될 것이다.

내 나이 80일 때, 모습은 어떨까?

18
영국 입국 경험

　문화센터에서 영어를 배우던 한 주부 학생이 친척이 살고 있는 영국으로 여행을 가게 되었는데 고민이라고 했다.

　그러면서 그녀의 친척이 했다는 말을 펼쳤다.

　"유럽이 테러 공포로 입국심사가 까다로우니 입국심사표인 '랜딩카드'에 내용을 바르게 써야 하고 심사도 잘 받아야 해."

　그녀는 그러면서 예전에 패키지투어로 유럽여행을 했을 땐 그런 거 전혀 신경도 쓰지 않았는데 혼자 가려니 걱정이라면서 입국심사 때 하는 말을 연습하면 좋겠다고 했다. 그러자 10여 명이나 되는 다른 학생들도 그녀의 말에 찬성하며 입국심사와 해외여행 때 주로 사용하는 영어에 대하여 익히며 해외여행 얘기를 하자고 했다. 그래서 나의 경험에 비추어, 보통 묻는 말이 '방문 목적이 무엇이냐?', '어디에 머물 것인가?', '얼마 동안 머물 것인가?' 이 정도를 물어보고 또한 그 질문들에 대한 답을 준비하면 될 것이라면서 그 내용들을 돌아가며 영어로 연습했었다.

　학생들의 해외여행담을 들어보니, 요즘은 해외여행이 정말 별거 아니었다. 중국을 비롯한 동남아시아를 여행했던 것은 이웃집 나들이 정도로 생각했고 호주와 캐나다, 미국 그리고 유럽 등지의 여행이 진짜 해외여행이라고 말했다. 그런데 그들이 그렇게 멀리까지 많은 돈을 들여 해외여행을 할 수 있었던 것은 친구들을 비롯한 각종 모임을 통해 오랫동안 회비를 모아서 단체로 떠나는 여행을 할 수 있었기 때문이라고 했다.

영국 여행을 떠났던 그녀가 한 주의 수업을 건너뛰고 돌아왔다. 모두가 궁금했었다. 내가 강의실에 도착하니 그녀가 가장 먼저 와 있었는데 얼굴이 환했다. 그녀는 아마 빨리 수업에 와서 뭔가를 얘기하고 싶었던 것이 틀림없었다. 그녀는 나를 보자마자 영국에서 샀다는 볼펜을 선물로 주었다. 그리고 음료수를 가져왔는데 학생들에게 나누어줄 것이라고 했다. 나는 가장 궁금한 것이 그녀의 입국심사 이야긴데 그녀는 그것을 학생들이 다 온 다음에 말해주겠다고 했다.

잠시 후 모든 학생들이 다 출석했다. 하나같이 궁금했던 것은 그녀의 입국심사 내용이었다. 그녀는 먼저 그녀가 가져온 음료수를 여행 턱이라며 돌린 뒤 이야기를 시작했다.

그녀는 런던 '히드라' 공항으로 가는 비행기를 탔는데, 옆자리에 자신보다 좀 더 나이가 든 남자가 앉았었다고 했다. 그런데 그 남자가 랜딩카드 쓰는 것을 도와달라고 하여 랜딩카드 쓰는 것을 도와주면서 입국심사 받는 요령 등에 대해서도 가르쳐 줄 계획이었다고 했다. 그녀는 시험을 보는 학생이 마지막 복습을 하는 마음처럼 자신이 입국심사 받는 것을 연습할 생각이었다고 말했다. 그 사람은 막내딸이 영국에서 유학생활을 하기 때문에 딸을 만날 것이라고 했다. 그런데 영어권 나라에 여행하는 것이

처음이라 도움을 청하게 되었다며 여권을 건네주기에, 그 사람의 여권을 보고 '성'과 '이름', '성별', '생일', '국적' 그리고 '여권번호' 등을 적고 영국 내에서의 연락처와 '체류기간'을 적기 위해 그 내용을 물어보았더니 안쪽 주머니에서 종이를 꺼내주더라고 했다. 그러면서 그는 그의 딸이 영국에서 작성해서 보내준 것이라며 입국할 때 심사관에게 보여줄 것이라고 했다. 그래서 읽어보니, 딸의 이름과 학교명, 주소, 전화번호, 방문 목적 그리고 체류기간이 적혀 있었으며 그 아래에는 '나의 아버지는 영어를 못하기 때문에 입국심사 때 심사관께서 볼 수 있도록 딸인 제가 대신 썼습니다.'라고 적혀 있더라고 말했다.

그 말을 듣고 우리는 모두 감동했다.

그녀는 영국 입국 경험담을 계속했다. 그녀는 그 남자와 함께 비행기에서 내려 입국심사대에 함께 도착했다고 했다. 그러면서 그녀는 그 남자에게 먼저 심사를 받으라며 뒤에서 지켜보았는데 심사관은 그 남자가 여권과 함께 내놓은 딸이 보냈다는 편지를 보고 미소와 함께 그를 통과시켰다고 했다.

다음으로 그녀가 심사를 받게 되었다. 그런데 심사관은 그녀에게 방문 목적과 체류기간 등을 묻기보다는 혼자냐고 물어서 조금 당황했지만 대답도 잘 하고 통과했다고 했다.

그녀의 말에 따르면 그것은 마치 시험을 본 것 같았으며 시험을 잘 보아서 그랬는지 과거 유럽 패키지 관광 때 제대로 보지 못했던 것도 이번 여행에서는 친척과 함께 다 구경했었던 성공적인 여행이었다고 자평했다.

19

시니어 청소년 동반 해외여행

학생들을 동반하여 전 세계를 여행하면서 직접 세상을 체험할 수 있도록 이끌어주는 일을 하고 싶다.

난 나에게 영어를 배우는 학생들과 일주일 정도씩 여행을 해 보았었다. 국내 소재의 산과 명승지라든지 중국 상하이와 이우, 항조우 같은 도시를 여행했었는데 그런 경험을 가졌던 대부분의 학생들은 재학 시절에 뚜렷한 학습목표를 설정하여 성실한 학생으로 성장했으며 고등학교와 대학교를 졸업한 이후에도 또한 사회인으로서 자신들이 원했던 삶을 선택하여 최선을 다하고 있다는 소식도 들었다.

학생들이 외국 도시의 시내 또는 관광지 등을 다닐 때 어른들과는 달랐다. 쇼핑만을 염두에 두지 않고 무엇이든 궁금한 것이 있다면 말이 통하지 않더라도 그 지역 사람들과 잘 어울리며 알아내려고 애썼다. 버스나 지하철에서나 백화점이나 노상의 점포에서도 공손하고 상냥하게 현지 사람들에게 접근하는 친근성과 적극성을 보인다는 것을 느낄 수 있었다.

난 그것이 바로 자신의 삶을 살아가기 위해 능동적으로 자의식을 세우는 교육이라고 확신했다.

학생들과 여행을 통해 느낀 몇 가지를 정리했다.

학생들은 외국에서 새로운 상황들을 만나더라도 그 상황들을 낯설어하지 않고 마치 스펀지가 물을 흡수하듯이 바로 받아들이고 적응하는 경향이 있다는 것을 첫 번째로 인지했다.

둘째, 단기간의 여행은 강한 호기심을 불러와 몰입지수가 올라가면서 습득의 질과 양이 투자된 시간에 비해 더 높아진다. 그 결과 현지인과의 만남이나 현지어에 노출될 경우 향후 그들과 관계를 유지하고 언어를 익히려는 동기부여가 될 수 있다. 그런데 이런 경험이 더 좋은 것은 그런 방식이 자신만의 패턴이 되어 다른 새로운 것들을 익힐 때마다 어떤 것에든지 쉽게 적용하는 능력이 된다는 것이다.

셋째, 사고와 판단이 확장된다는 것이다. 보는 시각과 듣는 청각이 국내로 국한되지 않고 국제적으로 확장됨으로써 다양한 정보를 받아들여 범세계적인 지식과 상식을 쌓게 된다.

넷째, 동반하는 사람들과 의견을 주고받으며 이해하고 양보하는 습성이 길러져 원만한 인간관계 형성에 큰 도움이 될 수 있어서 좋았다.

이런 사항을 볼 때 학생들의 단기간 해외여행 체험만으로도 학생들에게 세계관이 생기고 그들이 앞으로의 직업과 사회적 활동의 선택을 국제무대로 넓히는 데 커다란 도움이 될 것이라고 확신한다. 그리하여 개인마다 미래를 향한 운신의 폭이 넓어지고 국가적으로도 전 세계에 큰 영향력을 펼칠 수 있는 인적자원들을 확보하게 될 것이라고 여겨진다.

이를 위해서 현지에 대하여 어느 정도의 지식과 언어 능력을 가진 시니어들의 활약이 필요하다.

그들이 각자 3인 정도의 학생들을 인솔하여 배낭여행을 하듯 세계 각국으로 떠나는 것이다. 그리고 현지에서 학생들이 직접 버스와 지하철, 택시 등의 대중교통을 이용하여 이동하며 숙박과 관광 등을 체험하면서 현지인들과 어울릴 수 있도록 기회를 주는 것이다.

그렇게 하여 학생들이 얻은 해외여행에서의 성취감은 가정과 학교생활에도 적용되어 매사 적극적으로 임하는 자세를 만들 것이다. 그리고 자신에게 없었던 새로운 경험을 직접 겪으면서 마치 초등학생들이 생존수영을 익히는 것처럼 삶에 있어서의 사리분별을 할 줄 알고 자신감을 익힐 수 있는 기회가 될 것이다.

이제 학교에서도 방학기간과 상관없이 학생들이 부모와 함께 가정학습을 할 수 있도록 학교에 일정기간 출석하지 않아도 결석처리를 하지 않는 제도도 마련되어 있다. 이에 따라 가정경제가 괜찮은 많은 가정들은 이미 자녀들을 데리고 해외여행을 하기도 한다.

그런데 그런 식의 해외여행은 다른 학생들에게 보여주는 과시용 내지는 사치용이 될 가능성도 있다. 실제로 학생들 사이에 해외여행이 이미 위화감을 조성하는 악재가 되고 있다고도 한다. 그것은 특히 가정형편상 해외여행의 기회를 갖지 못하는 학생들이 느끼는 열등감을 조장하기까지 한다.

그렇다고 학생들의 해외여행을 억제하는 일이 있어서는 안 된다. 지방자치단체에서 학생들에게 영어마을에 입소하여 영어를 배우며 생활할 수 있도록 지원해주고 있는 것처럼 정부를 비롯한 사회단체가 모든 학생들에게 기회를 제공할 수 있도록 제도를 마련한다면 충분히 잘 풀릴 수 있는 일이 될 것으로 보인다.

아울러 이 프로젝트에 외국어 소통 능력과 해외 체류 경험을 가졌던 시니어들이 참여한다면 그들의 노후도 보람될 것이라고 생각된다.

Part
3

인내와 겸손은 동반

1

시간 들임의 가치

친구와 술은 오래될수록 좋다는 말과 같이 시간이 오래 걸릴수록 가치 있는 것들이 있다. 시간이 오래 걸린다는 것은 그만큼 정성도 들였을 것이고 특히 많은 인내가 있었을 것이다.

사람들은 살아 있는 동안 시간이 들어간 가치를 보통 10년 정도로 말한다. 10년이면 강산도 변한다고 하니 결코 짧은 기간은 아닐 것이다.

내가 성인으로 살아오면서 10년 이상의 시간을 지속적으로 들였던 것 가운데 하나는 서산 팔봉산 등반이다.

서산 팔봉산 등반에 대한 시간 들임과 팔봉산이 나에게 끼친 영향은 매우 크다. 20년을 넘게 다닌 팔봉산은 나를 편하게 해줄 때도 있었고 부드럽게 만들거나 강하게 만들어줄 때도 있었지만 무엇보다도 팔봉산에 대한 애착이 자라나게끔 해주었다.

난 비교적 바다를 좋아했었다. 그래서 계절과 상관없이 바다에 가곤 했었다. 그것은 아마 중학생이 되면서 겨울방학 때 천리포에 거주하는 사촌 형 집을 방문하면서부터였던 것 같다. 몹시 추웠던 겨울에 해변에 밀려온 파도의 흰 거품이 커다란 구멍들을 가진 스펀지 벽이 되어 바다와 육지를 갈라놓은 것 같은 모습이 장관이었다. 그런 추억이 나를 유혹하며 방송을 떠날 때까지 휴가라든지 휴일에 우리나라 동서남해안을 여행 삼아 찾아다니게 만든 계기이기도 했다.

　그러나 방송을 떠나 일이 제대로 풀리지 않자 답답함을 해소하고자 찾기 시작한 곳이 산이었다. 어쩌면 산이라기보다는 높은 곳에 올라가서 아래를 내려다보며 시원한 기분을 느끼고 싶어서였는지도 몰랐다. 어쨌든 그렇게 높은 곳에 올라가려는 습성이 생겨나면서부터 한라산을 비롯하여 지리산과 설악산에 이어 백두산 등 대부분 높은 산을 오르게 되었다. 그리고 산의 정상에서 제발 일 좀 잘되게 해달라고 빌곤 했는데 그러면서 틀림없이 나의 소원을 들어줄 나에게 맞는 명산이 있을 거라고 믿으며 '국내 100대 명산'이라는 책을 사서 그 책에 소개된 산들을 차례로 오르기 시작했다. 그리하여 찾은 곳이 바로 충남 서산에 위치한 팔봉산이었다.

　그런데 팔봉산은 아버지 고향인 서산시 팔봉면에 위치한 산으로서 이전에 가본 적은 없었지만 아버지로부터 그 산에 대하여 들어본 적은 있었다. 아버지는 어린 시절에 심부름 때문에 호랑이가 산다는 팔봉산을 넘은 적이 많았다고 하셨다.

　그런 팔봉산에 도착하여 가장 높다는 삼봉 정상에 오르니 높이가 361.5미터뿐이 안 되지만 그래도 정상에서 사방을 둘러볼 수 있는데 특히 서해가 보이면서 예전에 바다를 찾던 기억이 떠올랐다. 그리고 산 아래 가까이 군데군데 놓인 집들과 사람들이 밭에서 일하는 모습을 내려다보는 것이 좋았다.

그러던 어느 날 영어를 가르치는 직업을 갖게 되었다. 그래도 쉬는 날이면 팔봉산에 자주 올랐는데 팔봉산 소나무에서 뿜어져 나오는 피톤치드를 들이켜니 가슴과 머리가 맑아져 학생들에게 영어를 가르치는 데 최고의 능력을 발휘할 수 있어 좋았다. 그리고 또한 사람들을 미워하는 대신에 어울려 지내는 것이 좋아졌고 사람들과 만나면서 그들을 팔봉산으로 이끄는 경우도 생겨나기 시작했다.

그런데 그와 더불어 더 좋은 것은 팔봉산에서 각종 농산물을 구입할 수 있다는 것이다. 양길리 팔봉산 입구에는 할머니들이 그 지역에서 직접 재배한 농산물을 팔고 있는데 팔봉산의 특산물인 하지감자는 우리에게 필수식품이 되어 아내와 나는 6월의 팔봉산 감자축제 때마다 팔봉산에서 감자를 사온다.

그리고 팔봉산 인근의 농가에서는 양배추와 양파, 마늘, 고추, 고구마 등 우리에게 필요한 대부분의 농산물들을 재배하는데 팔봉산에 갈 때마다 팔봉산 입구에서 농산물을 판매하는 한순분 아주머니로부터 각종 농산물을 구입해 온다.

내가 10년 넘게 알고 지낸 그 아주머니는 인천 신흥초등학교 16회 졸업생으로 학교 앞 답동에서 태어났다. 예전에는 서산 사람들이 구도항에서 은하호를 타고 인천에 올라와 대성목재 등에 취업하면서 그 아주머니 동네에서 많이 살았다고 했다. 그중의 한 사람이 팔봉산 사람을 소개해줘 결혼하면서 팔봉산 아래서 살게 되었는데 당시에 팔봉산 동네는 두메산골로서 촌도 그런 촌이 없을 정도였다고 했다. 그러나 모든 어려움을 참아내며 열심히 살아온 결과 팔봉산 동네에 많은 농지도 생겼고 세 아들을 낳아 모두 도시로 보냈으며 팔봉산 동네에서 인천댁이라면 모르는 사람이 없을 정도가 되었단다.

팔봉산은 나에게 닥쳤던 불행을 행운으로 바꿔준 산이다. 그런 행운은 시간을 들여 만들어진 가치와 같은 것인데 로마가 하루아침에 세워진 것이 아니라는 것과 비슷한 의미다. 그러나 그런 로마도 사라지는 것이 하루아침일 수도 있다는 것도 알고 있기에 내가 20여 년을 들여 맺어온 팔봉산과의 관계를 잘 유지하기 위해서는 어떻게 해야 할 것이라는 것에 대해서도 생각하고 있다. 어떤 연유에서 팔봉산과 내가 잘 맞아떨어져 그렇게 되었는지는 몰라도 난 생명을 유지하기 위해 음식물을 섭취하고 물을 마시고 공기를 들이켜듯이 정신적인 에너지는 팔봉산에서 얻는다고 확신하며 팔봉산을 찾는다.

시간을 들여 가치가 생기는 일은 공부도 있고 운동을 통한 건강 그리고 사랑 등 많이 있지만 나에게 한 가지 더 있다면 팔봉산을 통해 행복이 커진다는 것이다.

2

아버지 장례

옛 속담에 '정승 집 개가 죽으면 문전성시를 이루지만 정승이 죽으면 한 명도 오지 않는다.'라는 말이 있다. 이는 상주가 권력과 재력이 있을 경우 사람들이 몰리고 상주가 그렇지 않을 경우엔 반대가 된다는 세상의 이치에 대한 얘기다. 그런데 그런 얘기와 비슷한 일이 나에게 적용됐었다.

난 방송사를 떠난 뒤 경제적 어려움을 크게 겪으며 지인들을 만나지 않거나 모임 등에 참석하지 않았던 상당히 긴 기간이 있었다. 다행히 영어를 가르치는 일을 하게 되면서 극도로 힘들었던 경제적 어려움은 벗어날 수 있었지만 사람들을 만나지 않는 것이 습관이 되었었다. 그러다 보니 아는 사람들의 경조사에 참석했던 경우도 없었기에 아버지 별세 소식을 알려줄 대상이 없다고 여겼으며 설사 알려준다 해도 올 사람도 없을 것이라고 단정하며 애당초 어느 누구에게도 부고할 계획조차 갖지 않았었다.

하지만 장례식장엔 다양한 곳에서 보내온 근조화환이 40개가 될 정도로 많았으며 조문객들도 줄을 이었었다. 그것은 막냇동생이 건설회사에서 일하면서 많은 거래처들과 관계를 맺고 있고 부모님의 친인척들이 많았기 때문이었다.

나를 보고 찾아온 문상객도 있기는 있었다. 공군 35전대 통신 중대에서 군대생활을 함께 했었던 선배 병 274기 이건익, 최장희, 김봉의와 277기 임성택 1기수 후배 283기 양동호 그리고 2명의 동국대학교 전자공학과 동기 동창생들인 안희석과 김대수 등 모두 7명이었다.

하지만 본래 이들에게도 알릴 계획은 없었는데 국가유공자인 아버지의 현충원 안장이 발인 전날 불가하다는 통보를 받고서 양동호와 김대수, 안희석에게 연락을 취했다. 왜냐하면 양동호는 자동차정비업을 하고 있었기에 종종 그의 카센터에서 차량정비를 받기 위해 들르면서 그가 납골당에 관해 잘 알고 있다는 것을 들었기 때문이었다. 그래서 그에게 도움을 요청하려고 전화했었는데 마침 그 당시 군대생활을 함께 했었던 동료들을 그가 만나고 있는 중이었기에 그들이 모두 함께 찾아왔던 것이었다. 그로 인해 군복무를 마친 지 40년 정도가 지나서야 동료들과 다시 만날 수 있었다.

또한 안희석은 유일하게 만남을 이어온 대학 동창으로 그 역시 납골당에 관해 경험이 있었고 김대수는 외삼촌이 어느 사찰의 주지스님이라는 소리를 들은 적이 있었기 때문이었다.

난 상주로서 동생들과 함께 많은 조문객들을 일일이 맞이했더라도 막상 나로 인해 찾아온 조문객이 없는 것에 기가 죽어 있었으며 쓸쓸한 마음으로 장례식을 치렀다. '풍요 속의 빈곤'이라는 것과 같은 초라한 마음의 상태였다.

그렇지만 그런 느낌과 생각도 조문객들이 없는 한밤중이 돼서야 비로소 가질 수 있게 되었다. 그러면서 그동안 살아온 일들 가운데 잘못되었던 것들만 뚜렷하게 떠올라 후회와 탄식을 이어 가는 사이 아침이 되어 아버지의 육신은 화장터에서 분골로 바뀐 뒤 납골당에 모셔졌다.

그렇게 진행된 아버지 장례를 거치면서 나의 인생성적표가 매겨졌다. 그리고 동시에 한없이 초라하고 쑥스러운 그 성적이 모두에게 공개되었는데 나는 그 성적표를 받고 머리를 숙인 채 조용히 사라지는 모습을 내가 마치 제3자의 입장에서 본 것처럼 머릿속에 남아 있다.

그러면서 갖게 된 다짐이 있다면 무엇이겠는가?

지금까지 살아온 것에 반하여 생활하는 것을 우선으로 두었다. 그래서 무엇보다 인간관계를 소중히 여기는 것을 바탕으로 두면서 먼저 나서지 않고 배려하며 상대의 실수에 '그럴 수도 있지.'라는 너그러움을 갖고 그것이 꾸준히 실천될 수 있도록 인내심 있는 겸손함을 갖는 것이었다.

3

홍시

가을에 홍시가 열리면 어머니께서 홍시를 겨우내 드실 수 있도록 마련해 드릴 것이다.

"3년이나 기다리다 너를 가졌을 때 꿈에서 연시가 머리맡에 있기에 손을 뻗었지만 연시가 없어서 못 먹었는데 그래서 네 눈이 짝짝이가 되었나 보다."

어머니께서 내가 어렸을 때 쌍꺼풀이 짝짝이였던 나의 눈을 들여다보시면서 하셨던 말씀이었다.

내가 음력 5월에 출생했으니까 어머니는 늦여름쯤에 나를 가지셨을 테고 가을이 되니 연시가 떠올랐을 것이다.

왜냐하면 어머니는 서산 음암면에서 태어나 자라셨기 때문에 가을이면 접할 수 있었던 과일은 감과 연시(홍시)뿐이 없었을 것이기에 그러셨을 것이다. 결혼 후 아버지와 인천에서 어렵게 생활하셨기에 임신을 했어도 다른 과일들은 생각도 못 하셨을 것이고 오직 어린 시절에 보셨던 연시만을 떠올리셨을 것 같다.

어머니는 이후에도 연시를 보시면 내 눈이 짝짝이가 된 이유에 대해 말씀하시기도 했지만 난 어머니가 연시를 좋아하신다는 것에 관심을 두지 않았었다. 그리고 어느 날 우연히 가수 나훈아 씨의 노래 '홍시'를 듣게 되어 어머니가 하셨던 말씀이 생각나면서 어머니를 떠올렸지만 그때도 역시 거울 속 내 얼굴만을 바라보았지 어머니가 연시를 좋아하신다는 것을 생각해보지 못했었다.

그렇게만 알고 지내던 2019년 6월에 90세이셨던 아버지가 뇌경색을 앓다가 돌아가셨다. 아버지의 별세 이전부터 치매 증세가 있었던 어머니가 이젠 혼자 사신다는 것이 너무나 걱정되었다. 그래서 어머니를 모시려고 했지만 어머니는 아버지와 함께 사시던 안중의 아파트에서 사시겠다고 고집을 부리셨다.

아무리 그렇더라도 어떻게든 어머니를 돌봐드려야 하는데 어머니는 절대로 집을 떠나실 수 없다고 하시고 나 또한 인천에서 영어 가르치는 것을 접을 수 없었기 때문에 매일 전화로 안부를 묻거나 거의 매주 한차례 찾아뵙기만 하고 있다.

2020년 봄에 우연히 TV에서 아마추어 여성 가수들이 '홍시'를 부르자 방청객들이 눈물을 흘리는 것을 보았다. 그때 갑자기 어머니가 나를 임신했을 때 꿈속에서 연시를 먹고 싶었다고 말씀하신 내용을 기억하며 그제야 어머니가 연시를 좋아하신다는 것을 깨닫고 나도 울음을 터트리고 말았다.

생각이 난다 홍시가 열리면 울 엄마가 생각이 난다
자장가 대신 젖가슴을 내주던 울 엄마가 생각이 난다
눈이 오면 눈 맞을 세라 비가 오면 비 젖을 세라
험한 세상 넘어질 세라 사랑 땜에 울먹일 세라
그리워진다 홍시가 열리면 울 엄마가 그리워진다

눈에 넣어도 아프지도 않겠다던 울 엄마가 그리워진다

생각이 난다 홍시가 열리면 울 엄마가 생각이 난다
회초리 치고 돌아 앉아 우시던 울 엄마가 생각이 난다
바람 불면 감기들 세라 안 먹어서 약해질 세라
힘든 세상 뒤쳐질 세라 사랑 땜에 아파할 세라
그리워진다 홍시가 열리면 울 엄마가 그리워진다
생각만 해도 눈물이 핑 도는 울 엄마가 그리워진다
생각만 해도 가슴이 찡하는 울 엄마가 그리워진다

노랫말이 어머니와 나 사이에 있었던 일들과 똑같았다.
88세의 연세지만 신체적으로는 건강하신 내 어머니!
그놈의 치매 때문에 점점 기억을 잃어버리시는 내 어머니!
치아가 좋지 않아 조금이라도 딱딱한 음식이라면 씹지 못하여 입에도 대지 않으시는 내 어머니!
음식을 제대로 못 드시기에 여위셨고 어지럽다는 내 어머니!
그런 어머니를 홀로 계시게 할 수 없기에 우리와 함께 사는 것이 싫으면 우리 집 근처에 사시면서 우리가 아침저녁으로 들러서 식사만이라도 제공할 수 있게 해달라고 했다. 그랬더니 서로 떨어져 살다가 함께 살기는 어려운 것이라며 완강히 거절하시며 나중에 정 혼자 사실 수 없을 때 그렇게 하시겠다고 하셨다. 그래서 다 돌아가시게 되었을 때 함께 살면 무슨 재미가 있느냐며 그때쯤이면 아마 우리도 기억하지 못할 것이라고 화도 내보았다. 하지만 그래 놓고 난 금방 후회했다. 어머니의 마지막 기억이 나의 화낸 모습이 될까 봐 두려웠다.

어머니는 최근의 일들을 기억하지 못하시더라도 예전의 일들은 기억하셨는데 이젠 그런 것들도 사라지는가 보다. 얼마 전까지만 해도 내가 3살이었을 때 나를 잃어버렸던 것을 기억하셨는데 지금은 그것도 잘 기억하지 못하신다.

딱딱한 음식을 못 드시게 되신 어머니께서 드시기 쉬운 연시. 나를 임신하시고 그렇게 드시고 싶어 하셨다던 연시.

어머니 생신인 음력 시월 스무여드레쯤이면 열리게 될 홍시.

홍시가 열리면 난 가장 맛있는 것을 골라서 어머니가 드실 수 있도록 내가 직접 껍질을 벗겨 입에 넣어드릴 것이다.

하지만 어머니가 연시와 내 짝눈과 관련된 어떤 얘기도 기억하시지 못하신다면 난 슬플지도 모른다.

그래도 난 어머니가 들려주셨던 얘기를 내가 어머니께 말씀드리며 어머니와 함께 홍시를 먹을 것이다.

4

그런 사람 없지요

말 많고 잘난 체해도 내 어머니가 항상 보고 싶어 하는 사람.
내가 속상하게 했어도 잘 참아냈던 그 사람.
내가 간혹 기억이 헷갈리면 병원에 가보라는 등 건강검진에 대해 국민건강보험공단보다 더 권유하는 그 사람.
남을 미워하면 될 일도 안 된다고 강조하는 그 사람.
나이가 들면 성인병을 피하기 위해 이런저런 영양분이 필요하다며 그런 영양분이 가득한 음식물로 맛있는 식사를 마련해주거나 각종 건강식품을 사서 먹여주는 그 사람.
늙어갈수록 몸에서 냄새가 많이 나기 때문에 학생들이나 남들이 싫어하니 항상 씻고 속옷도 매일 갈아입으라며 잔소리하는 그 사람.
출근과 외출 땐 상하 의류와 신발이 색상이나 디자인에 따라 조화로워야 한다며 가능하면 그런 식으로 옷을 입도록 어울리는 옷들을 사서 입혀주는 그 사람.
운전할 땐 옆에 앉아 이렇게 저렇게 운전하라고 종알종알 간섭이 많은 그 사람.

함께 외출했을 때 마트 등에서 판매자들이나 다른 사람들과 말을 많이 하면 늙었다는 뜻이라고 말하는 그 사람.

출근으로 떨어져 있어도 전화를 걸어 무엇을 먹었느냐 무엇을 하느냐며 궁금해하는 그 사람.

영아를 돌보는 자격증과 부모님을 위해 노인을 돌보는 요양보호사 자격증을 따서 영아들을 돌봐주며 돈도 벌고 살림도 하고 있는 그 사람.

시아버지가 돌아가시기 전에 뇌경색으로 쓰러져 병원과 양로원 등에 계셨을 때 쉬는 날이면 열 일 제쳐두고 찾아뵈었으며 시어머니가 치매로 생활에 어려움이 있으시자 역시 쉬는 날에도 쉬지 못하고 이런저런 음식을 마련해 찾아뵙고 위로해드리는 그 사람.

그런 사람이 나의 아내다.

그럼에도 난 아내가 하는 것만큼 잘해주지 못했을 뿐만 아니라 가끔은 속 좁은 마음도 비쳤었다. 특히 갱년기에 힘들어하는 것을 이해하지 못하고 화를 내 그녀의 마음을 아프게 하기도 했었다.

누군가가 이런 장면들을 보았다면 나를 엄청 꾸짖으며 세상에 그런 사람이 어디 있냐고 할 것이다.

조물주는 우리가 함께 살게 해준 것뿐만이 아니라 아내에게 그렇게 하라는 임무까지 주었나 보다.

난 아내가 그렇게 잘 한다고 이해하며 인정하기까지 많은 시간과 시련이 필요했었다. 그러면서 서로를 이렇게 저렇게 이해하고 맞춰가는 사이에 나는 약해졌고 아내는 인내하며 강해졌다.

부부가 아니라면 어떻게 그렇게 될 수 있었을까?

그 사람은 나에게 딱 맞는 여자다.

아침에 말하는 잔소리가 하루의 기분을 망친다며 그렇게 듣기 싫어했었건만 이젠 나를 위한 당연한 조언으로 들린다.

나 또한 아내를 위한 그런 마음으로 대해준다. 밖에서 있었던 일로 마음에 상처를 받았을 땐 마치 내가 상처를 받은 것처럼 아프다. 일심동체이기 때문일 것이다.

내가 건강하고 일을 잘 할 수 있는 것은 그녀 덕분이었다. 그래서 돈을 많이 벌려는 이유도 모두 그녀를 위한 것이다.

세상에 둘도 없는 하나뿐인 그 사람, 내 아내에게 미안하고 고맙다. 그녀가 생이 다하는 그날까지 건강하고 행복한 일들만 가득하기를 바라며 나 또한 그렇게 해줄 수 있도록 건강하게 열심히 살 것이다.

5

막냇동생

살아가면서 사람을 만날 때 미안함을 느끼며 가능하면 다시 만나지 않기를 바라는 사람들도 있다. 그 이유는 내가 과거에 그들에게 많은 실수와 잘못을 했기에 그 사람들을 만날 때마다 후회와 반성이 뒤따르면서 가슴이 아플 정도이기 때문이다. 그때 나는 왜 그랬을까? 대부분의 일들이 그렇게 하지 않았어도 될 것들이었는데.

살아온 날들이 많아져선지 그런 사람들이 자꾸만 머리에 떠오르고 눈에 보이기도 하며 어쩌다가 마주치기도 하는데 그런 사람 가운데 한 사람이 나의 막냇동생이다. 나와 막냇동생과의 나이 차는 여덟 살로서 그 정도면 동생이 어렸을 때나 지금이나 내가 항상 사랑해주고 보듬어주며 너그럽게 대해줄 수 있는 사이일 것이다. 그럼에도 나는 그런 막냇동생을 어려서나 커서나 잘못했다 하면 혼내주기만 했었다.

내가 왜 그랬었는지 그저 핑계를 댄다면 내가 아버지로부터 미움을 받고 폭력을 당하면서 너그러움 없는 성격으로 형성되면서 아버지가 내게 하셨던 것처럼 나도 그것을 닮았기 때문에 그랬을 것 같다.

난 막냇동생을 많이 때렸었다. 내가 때려서라든지 동생이 맞아서 해결될 일이 아니었고 설사 막냇동생이 잘못을 했을지라도 그렇게 때리지 않아도 얼마든지 고쳐질 수 있는 것이었는데도 때렸다.

어떤 사람이 말하길, 대부분의 형제자매들이 함께 자랐을 때 형이나 누나 또는 오빠가 동생들을 이끌기 위해 때리기도 하며 또는 심지어 공연히 괴롭히기도 했다고 말하지만 폭력은 어떤 경우라도 정당화될 수 없다.

세월이 많이 흘렀다. 아버지가 돌아가셔서 장례를 치르면서 형제들이 모인 가운데 어떤 이유 때문에 막냇동생이 과거 나에게 맞았던 말을 했다. 그러자 그의 아내가 덧붙였다.

"남편이 형에게 맞은 것이 트라우마가 되었다고 말하더군요."

그 순간 지나온 날들을 떠올리며 막냇동생과 제수씨 그리고 그들의 아들에게도 미안함을 느끼게 되었다.

그리고 그 자리에 함께 있을 수 없었다. 내 자신이 수치스럽고 온몸이 먼지로 분해되어 장례식장 구석에 처박혀지는 것 같았다. 그래서 장례의 마지막 밤을 조용한 곳에서 홀로 지내면서 지난 일들에 대하여 많은 생각을 가졌었다.

막냇동생은 베풀기를 잘 했다. 특히 가족들의 기쁨을 위해 자신이 많은 것을 제공하고 싶어 하는 마음을 가지고 있었다. 대학을 졸업하고 직장생활을 시작하면서 많은 돈도 없는데도 불구하고 아버지의 기분을 위해 승용차를 사드리는 마음도 있었고 모든 가족이 함께 하는 파티도 자주 열었으며 내가 싱가포르 유학을 마치고 돌아왔을 때는 당장 쓸 돈이 없던 나에게 교통비를 주기도 했었다.

그에게 특히 미안한 것이 있다. 그가 고등학교를 졸업하고 재수 끝에 높은 수능 성적을 받게 되자 난 그가 방송인이 되기를 바라며 어느 대학 신문방송학과에 지원하라고 강요했었다. 그런데 하필 그해에 높은 점수의 학생들이 지원하여 동생은 떨어지고 말았다. 그리하여 다른 대학 경영학과에 입학했다.

나의 주장이 아니었다면 동생은 원래 자신이 원하던 학과의 대학에 진학하여 멋지고 보람찬 대학생활을 할 수 있었을 텐데 나 때문에 힘들게 대학생활을 했던 것이 항상 미안했다. 그런데 과거에 동생에게 했던 폭력에 대해서까지 제수씨로부터 듣게 되니 심지어 조카마저 볼 면목이 없었다.

그래서 가능하면 동생과 그의 가족들과의 만남은 피하면서 멀리서 응원하며 사랑하고 싶다. 난 내 자신이 동생을 대하는 태도가 눈곱만치라도 다시 옛날로 돌아가게 되기를 절대 원하지 않는다. 혹시 제수씨와 조카에게도 그럴까 봐 두렵다.

대신에 막냇동생과 그의 가족을 위해 돈을 많이 벌어 나눠주고 싶다. 내 막냇동생이 가지고 있는 베푸는 마음이 우리 가족을 비롯하여 온 세상에 잘 펼쳐질 수 있도록 지원해주고 싶다. 꼭 그렇게 되기를 바라며 막냇동생의 일이 잘되고 그의 가족 모두가 건강하고 행복하길 기원한다.

6
팔봉이와 삐삐

팔봉이는 나와 아내에게 희망을 주고 떠난 반려견이다.

난 팔봉이의 죽음을 알게 되어 소리 없이 눈물을 흘리며 한동안 앉아 있었다. 그리고 어리석은 판단에 내 자신을 원망했다.

지난밤에 수녀님이 보내주신 휴대전화 메시지를 새벽에 확인한 뒤 바로 계양구 유기견 보호소 사이트에 접속했었다. 그리고 그곳에서 발견한 팔봉이의 사진을 접하고 너무 놀라 소리쳤더니 아내가 깜짝 놀라서 깼을 정도였었다.

아침 5시 30분에 동물병원에 전화했다. 그러나 받지 않기에 안달이 나서 차를 몰고 그곳으로 찾아갔다. 도착해보니 문이 잠겨 있었으나 팔봉이가 있을 만한 곳이 아니라는 것을 알게 되었다. 집으로 돌아온 뒤 7시쯤에 또 다른 반려견인 삐삐와 함께 산책하며 30분 간격으로 그곳에 계속 전화했으나 받지 않았다. 그리고 다시 귀가하여 9시 5분쯤에 전화했더니 드디어 그 동물병원 원장이 전화를 받았다.

"그 아이는 한 달 정도 이곳에 있다가 다남동 유기견 센터로 보내졌는데 처음에 올 때부터 밥도 잘 먹지 않고 그러더니 얼마 전에 병으로 죽었습니다." 그러면서 그 이후 사이트 내용을 업데이트시키지 않아 아직 보호 중인 것으로 남아 있었다는 말을 덧붙였다.

사이트에 올려 있는 사진을 보고 다행이라며 무척 좋아했었다. 그리고 그 원장과 통화를 시작하면서 '떨리는 마음'이라고까지 말했었다. 난 그 원장이 전해준 비보에 낙심하여 어찌할지 모르다가 전화를 끊은 뒤 주르륵 눈물만 흘리고 말았다.

8년을 함께 살아온 팔봉이! 부천 송내역 앞 반달마을 아파트에 살 때 동거를 시작했던 갈색 수캉아지 팔봉이! 나와 연을 맺자마자 10년을 다녔던 서산의 팔봉산이 좋아서 그 이름이 되었던 팔봉이! 그런 팔봉이가 우리 곁을 영원히 떠났다.

부천의 아파트에 살 때 주민들이 위협을 느낀다고 해서 일반주택을 찾아 김포로 갔었다. 그러나 일반주택을 구하지 못한 채 주민들에게 비교적 피해를 주지 않을 새로 지은 전세전용 아파트를 찾아 거의 첫 번째로 입주하면서 4년을 살았었다.

그러면서 그곳에서도 매일 아침저녁으로 두 차례 산책을 했었는데 그때 "이곳에 집을 짓고 살면 좋겠다!"라고 했었던 유현사거리 옆 부지가 있었다. 그런데 마침 그 부지에 조합 아파트가 들어선다기에 얼른 조합에 가입했다. 그 뒤 살고 있던 아파트의 전세기간이 만료되어 조합 아파트에 입주할 때까지 평소 좋아했었던 계양산 아래 동네에서 살기로 결정하여 그곳으로 이사했다.

그리하여 반년 넘게 계양산을 매일 두 차례씩 오르내리던 어느 날 팔봉이와 비슷한 갈색의 암컷 진돗개가 우리를 따라왔다. 어디서 많이 본 진돗개였지만 팔봉이와 싸울까 봐 쫓아냈는데 인근 수녀원에서 기르는 개 같았었다. 그래서 다음 날 수녀원에 찾아갔더니 바로 그곳의 '아롱'이었다.

우리를 보고 달려 나온 수녀님들은 아롱이가 새끼를 가질 때가 되어 가출했다면서 팔봉이와 아롱이가 짝을 맺기를 원했다. 그래서 아롱이는 새끼를 갖게 되었고 40일 만에 암컷 한 마리만을 낳았다. 수녀님은 새끼 이름을 '초코'라고 지었으며 초코에 대한 성장 사진과 활동 내용을 휴대폰 메시지로 자주 보내주었다. 그러면서 팔봉이를 데려와서 초코와 만나주기를 원했다. 나도 자상하게 답장을 보냈고 팔봉이와 초코가 만나기도 했었다.

수업을 마치고 귀가한 4월 13일 밤 12시쯤이었다. 팔봉이와 삐삐를 데리고 산에 올랐다가 산에 아무도 없는 것을 확인한 뒤 줄을 풀어주었다. 그랬더니 팔봉이가 산 아래로 성급히 달려 내려가더니 돌아오지 않았다. 난 새벽까지 산은 물론 산 아래 동네까지 팔봉이를 부르며 찾아다녔다. 그리고 한동안 여느 때와 마찬가지로 산은 물론 인근의 주택들을 돌아다니며 팔봉이를 불렀다.

아내는 팔봉이가 사라진 다음 날 유기견 보호소에 알아보라고 말했지만 실행할 생각을 갖지 않았었다. 왜냐하면 팔봉이가 계양산 뒤쪽에 있는 개사육장에 갔을지도 모른다는 두려움이 있었기 때문인데 만일 개사육장에서 불행한 일이 생긴 것을 알게 된다면 내가 이성을 잃을지도 모를 것 같아서였다.

그렇게 3달 가까이를 보내던 7월 7일 저녁 늦은 시간에 삐삐와 함께 계양산 정상에 오르면서 팔봉이를 잊기로 했다. 그러면서 수녀님에게 팔봉이에 대한 사연도 알려주었다. 그동안 수녀님이 초코에 대한 휴대전화 메시지를 계속 보내왔지만 괴로운 마음에 응답하지 않았다. 그 소식을 접한 수녀님은 몹시 안타까

위하며 혹시 유기견 보호소에 있을지 모르니 연락해보라고 했다. 그래서 새벽부터 유기견 보호소에 연락하게 된 것이었다.

가엾은 팔봉이가 우리를 기다리며 얼마나 힘들게 2달 가까이를 보내다가 고통 속에 떠났을까? 팔봉아! 정말 미안하다.

그동안 팔봉이와 살면서 기쁨을 느꼈지만 책임과 겸손을 더 많이 배웠었다. 팔봉이와 함께 다녔었던 팔봉산과 인천, 부천, 김포 어디에 가더라도 팔봉이와의 추억이 담겨 있어서 괴롭다.

날 따라다니기를 좋아했던 팔봉이!

내가 데리고 다니기를 좋아했던 팔봉이!

4년을 기다려온 그 부지가 도시개발사업지구로 결정되어 얼마 있으면 삽을 뜬다고 한다. 그러면 그곳에 입주하여 살 수 있겠지만 팔봉이를 생각하면 꼭 기쁘지만은 않을 것 같다.

팔봉이가 없어서 가슴이 아프고 미안한 마음이 들 것이다. 하지만 팔봉이와 함께했던 삐삐를 통해 팔봉이에 대한 아픈 마음을 견뎌내며 또한 팔봉이와 삐삐에 대한 고마운 마음으로 겸손하게 살 것이다.

7

공인(公人)의 삶

국가유공자이셨던 아버지가 돌아가시자 장례를 치르면서 당연히 국립묘지에 안장되실 줄 알고 안장신청을 했는데 발인 전날 아버지 신원조회에서 결격사유가 생겼다며 국립묘지 안장이 불가능하다는 전화 통보를 받고 너무 당황했었다.

현충원이 아니라면 어디로 가야 할지 판단할 수 없었다. 누군가에게 또는 어딘가에 부탁을 해야만 하는데 당장 떠오른 사람이 박남춘 인천시장이었다. 그는 과거에 내가 '달빛 품은 백일홍'이란 책을 출간하면서 알게 된 중학교 후배였다.

그런 것을 그런 지위에 있는 사람에게 부탁하는 내 자신이 좀스럽게 느껴졌지만 그 당시 너무 경황이 없다 보니 그렇게 하고 말았다. 난 그런 것에 경험이 전혀 없었기 때문에 납골당을 미리 정해놓지 않으면 안장을 못 하는 것으로만 알고, 급한 마음에 인천시장에게 도움을 청하게 되었던 것이었다.

"선배님, 죄송합니다만 요즘 수돗물 때문에 조심스러운데요, 공직에 있는 사람이 개인의 일에 관여하면 문제가 될 수도 있어요. 죄송합니다만 도움을 드릴 수 없을 것 같습니다."

박 시장의 그런 대답에 섭섭한 마음이 들었지만 마냥 그대로 있을 수만은 없었다. 다행스럽게도 그사이 동생이 알아본 결과 아버지의 분골을 평택시립추모공원에 안장할 수 있게 되었다. 그래서 그렇게 결정을 내리고 계속 조문객들을 맞이하고 있었다. 그때 박 시장의 비서로부터 전화가 왔다.

"시장님께서 전화 내용이 정확하게 무엇인지 못 알아들으셨다며 우선 내용을 파악해보라고 하셨어요."

나는 내가 시장님께 전화했던 이유와 해결되었다는 것을 알려주며 시장님께 감사의 뜻을 전해달라면서 전화 통화를 마쳤다. 아버지를 보내드리고 공직자와 공인에 대해서 생각하게 되었다. 다행히 아버지 분골을 안장할 수 있게 되어서였는지 박 시장이 나의 부탁을 거절한 것이 잘한 일이라고 느껴졌다.

공직자나 공인은 국가나 사회와 관계되는 일을 하는 사람을 말한다. 그런 일을 하는 사람들은 공무원과 정치인, 법조인 등이 있는데 실제로는 대중을 상대로 일하는 언론인과 연예인과 같은 직업에 종사하는 사람들도 공인이라고 할 수 있다.

공인으로 산다는 것은 쉽지 않다. 공인은 우선 공적인 일과 사적인 일을 잘 구분해야만 하며 공적인 일의 처리도 대중의 한쪽으로 치우치지 말아야 한다. 특히 말을 조심해야만 한다.

그렇게 잘 하면 공인은 국가와 국민으로부터 대우를 받는다거나 많은 돈을 벌기도 하고 대중으로부터의 인기도 사그라지지 않을 것이다.

그러나 공인이 공정하지 않거나 사적으로 자신의 권위를 이용하는 일을 한다거나 불법과 비리, 문란한 생활을 하는 등 대중과 사회에 불이익을 주는 행동을 한다면 대중에 의해 그야말로 정반대의 대접을 받을 수도 있다.

공인이 되기 원하여 그 뜻을 이뤘을 때 얼마나 좋았었을까? 공인이 되면 어떻게 살아야 한다는 등 스스로 구속적인 마음가짐을 갖기 이전에 처음 공인이 되었을 때의 기쁨을 생각하는 것 자체만으로도 무척 행복할 것이다.

세상을 살다 보면 누구에게나 나쁜 유혹이 있을 수 있다. 그럴 때마다 생각하고 다짐하며 인내하라!

세상엔 나보다 똑똑하고 훌륭하며 전문적인 지식으로 모든 사람들로부터 존경받을 만큼 인성이 좋은 사람들도 많다. 그들은 자신의 일을 열심히 하는 것은 물론 사회를 위해 묵묵히 뒤에서 봉사하고 있다. 그들에게는 다만 공인이라는 호칭만 주어지지 않았을 뿐이라는 것을 공인들은 알아야 하며 또한 공인으로 있을 때 잘 해야만 한다.

8

그 시절 그 기분

아버지가 돌아가신 뒤 현실적인 삶을 살겠다고 마음먹었다.

사실 지난 30년 가까이는 과거에 이루고 싶었던 일에 대한 미련을 버리지 못하다가 끝내 가버린 세월의 뒤안길에서 아쉬움만 안고 살아온 날들이었다. 그러다 보니 그 기간 동안의 반 정도가 과거 지향의 시간이었고 나머지 반은 그렇게 하면서 소홀했었던 현재를 따라잡기 위해 그저 앞만 보고 질주했던 시간이었다. 그래도 반이나마 그렇게 할 수 있었던 것은 학생들에게 영어를 가르쳤었기 때문이었는데 그 기간 동안 재기를 위해 오직 수업에만 전념하며 새로운 사람들을 사귀지 않았고 과거의 지인들조차도 만나지 않았었다. 그러면서 사람들과의 만남은 내가 과거와 같은 여건이 다시 되었을 때나 이루어질 수 있는 것이라고 마음먹었었다.

그런데 그렇게 오랫동안 지켜왔던 결심을 무너뜨리는 일이 일어났다. 아버지 장례를 치르면서 받은 충격과 특히 장례에 따른 사람들과의 만남이 이어지기 시작하면서 그렇게 살았던 것이 너무 어리석었다는 것을 통감했기 때문이었다.

이후 과거 지인들을 만나서 지나간 일은 지나간 대로 지금의 일은 지금대로 얘기 나누면서 술도 한잔하는 것이 너무 편하고 좋았다. 사람들을 만나지 않는다고 안 되던 일이 되는 것도 아니었고 내 위신이 지켜지는 것도 아니었다. 오히려 그들과의 단절로 인해 그들의 머릿속에는 나의 좌절된 마지막 모습만이 남아 있었다.

이제 만남과 더불어 그런 것들이 털려나갔고 서로 도움이 되는 이야기들을 나누며 위로하니 내일을 기약하는 희망도 생겼다. 모든 것은 내 자신만이 과거의 나를 인정하고 주장하는 자존심 때문이었는데 그런 자존심을 버리게 되자 삶이 과거 지향에서 오늘로 옮겨왔다. 그리고 더 나아가 순수하고 좋았던 시절의 기분으로 살고 싶다는 생각이 들면서 지난날의 좋았던 시절을 떠올렸다. 그 시절은 내가 고등학교 3학년 때부터 군 입대 전인 대학 3학년 때까지의 기간으로 그리운 추억이 고등학교 앞에서부터 과거 문화극장 앞길, 배다리, 경동, 동인천역 그리고 신포시장 일대에 녹아 있다.

고 3때 자율학습을 하기 위해 금곡동에 사는 친구 집에 가서 저녁을 먹고 오기도 했었는데 그러다가 그 동네에서 여자 친구를 처음 사귀게 되었다. 그러면서 그 동네가 추억의 동네가 되었다. 대학생이었을 때는 동인천역 앞에서부터 답동 사거리 일대에 있는 다방들이 친구들과의 만남의 장소였었다. 특히 용동 마루턱에 있었던 석화다방은 우리들의 아지트와 같았었다. 그곳에서 친구들을 만나 DJ가 틀어주는 '금과 은'의 '처녀뱃사공' 등의 노래를 감상하며 소위 EDPS(음담패설)라는 것을 실컷 나눴었다. 우리는 그런 식으로 일주일에 한 번 이상은 용동의 카네기를 비롯한 주점들과 신포동의 순댓국집 등 동인천역 주변과 신포동 일대의 밤거리를 배회하며 지냈었다. 특히 신포시장 순댓국집에서 막걸리를 마시면서 옛날 노래를 부르며 젓가락으로 장단도 맞췄었다.

유난히 좋았었던 고교 동창들을 만나서 즐거운 시간을 보낼 수 있었던 동인천역과 신포시장 일대. 고등학교 졸업과 동시에 각자 흩어져 지내면서도 서로 어울리려다 보니 당시 인천의 중심지가 그곳이었기에 그곳을 만남의 장소로 정해 그곳에서 그런 날들을 보냈던 것이었다.

이런 얘기를 얼핏 들으면 되게 흥청망청하면서 보냈다고 평할지 모르겠다. 하지만 강의도 잘 받았고 시험을 잘 치러 학점 받는 것에도 문제가 없었으며 할 것은 다 하면서 큰 걱정거리 없이 젊음을 싱싱하고 유쾌하게 보냈던 시절이었다.

신포시장은 현재 나의 영어교습소 인근에 위치해 있다. 그곳이 사라지지 않고 그대로 있어 주어서 너무 고맙다. 그리고 내 인생에서 그렇게 좋았던 시절이 젊었을 때 있었던 것도 좋다. 그곳에 가면 젊은 시절에 가졌었던 좋은 기분을 느낄 수 있으며 힘이 솟는다.

그런데 사회에 진출한 이후 그곳에 갔을 때 그런 것을 느낄 수 있다는 것을 알아차리지 못하고 지내왔었다. 그저 사회적으로 잘 되겠다는 욕망과 또한 잃어버린 욕망을 되찾기 위해 좌충우돌하다가 좌절한 뒤 다시 일어서겠다며 앞만 보고 질주했었던 시간들에 사로잡혔었기 때문이었다. 그리고 이제야 깨달음과 함께 삶의 변화를 가지며 그 시절의 그곳들을 떠올릴 수 있게 되었다.

출근길에 그곳에 들러 세세히 둘러보았다. 그랬더니 정말로 기분이 좋아졌다. 비록 지금 그곳에는 반갑게 맞이해주던 그 옛날의 가게 주인들과 친구들 같은 알맹이들 없이 단지 장소라는 껍데기만 남아 있을지라도 하여튼 좋다.

45년 전 그 모습들이 대부분 그대로 남아 있어서 내게 그 시절을 기억나게 해주며 그 시절의 기분과 에너지를 만들어주는 내 젊음의 원점과 같은 신포시장!

가끔 외로워질 때마다 그곳에 가서 골목골목을 누비기만 해도 그 시절로 돌아간 듯해서 좋다. 지금이 옛날처럼 옛날이 지금처럼 느껴진다.

9
그럴 수도 있지

내가 만일 영어를 가르칠 기회가 없었다면 난 어떻게 살아가고 있었을까?

들고 갈 돈이 없어서 어떤 모임도 얼굴을 내밀지 못했었는데 정말 다행히도 영어를 가르치게 되어 지인들의 경조사 등에도 참석하며 사람답게 산다는 표현까지 할 수 있게 되었다.

한때 낙담과 배신, 좌절, 절망, 실패, 후회, 포기, 미움, 증오, 원망, 보복, 극단적 선택이라는 등의 단어들만을 사용하며 살았었는데 경제적인 어려움에서 벗어나면서 그런 단어들을 모두 잊게 되었다. 하지만 대인관계라든지 생활하는 방식에서 뭔가 부자연스럽고 불안하다는 것을 내 자신도 알아차릴 때가 있었다.

특히 남들과 어울릴 때 마음을 편하게 해주는 이해심과 너그러움이 부족하다는 것을 느끼면서 그런 심리적 상태로 인해 오히려 내 마음에 상처가 생기는 경우도 더러 있었다.

그러던 어느 날 학생들에게 It could be.(그럴 수도 있지.)란 말로 수업을 한 뒤 한 학생이 자신의 실수에 대해 자기 자신을 위로하듯 바로 It could be.(그럴 수도 있지.)라고 장난치듯 써먹는 말을 듣고 깨달음을 얻었다.

그저 영어의 한 표현이었는데 그 표현이 나에게 그렇게 크게 다가왔던 것이었다. 남의 실수에 대해 '그럴 수도 있지.'라고 말할 정도면 이해심도 깊고 몹시 너그러운 사람일 것이다. 그래서 그 말을 들은 사람 또한 용기를 갖게 될 것이며 그렇게 말해준 사람에 대해 대단한 신뢰를 가질 것이라고 생각한다.

난 남에 대한 이해심과 너그러움을 잘 모르고 지내왔다. 핑계를 대자면 아버지에게서 그런 것을 느껴본 적이 없었으며 사회생활의 실패 이후 그런 마음이 들어설 여유조차 없었다.

그런데 그런 감정을 뚜렷하게 느낄 수 있게 되었다. 그러면서 그런 것을 계속 모른 채 지내게 될 것이었다면 아마도 나는 외롭고 각박하게만 살아가는 늙은이로 변해갈 것이었다는 생각에 머리가 찌릿할 정도로 싫었다.

다행이다!

이제야 비로소 사람답게 살 수 있는 정상적인 인격체가 되는 것 같았다. 다시 한번 영어교육을 직업으로 가질 수 있게 된 것에 감사하며 그런 표현이 가슴에 와 닿으며 제대로 된 정서를 느끼게 해준 영어 표현 'It could be.'가 좋다.

사람과의 관계라든지 일이라는 것은 잘할 수도 있고 못할 수도 있다. 그런데 못했다고 책망만 있다면 어디 바람직한 다음을 기대할 수 있겠는가? 잘할 수도 있고 못할 수도 있고 그럴 수도 있지 않겠는가?

특히 나이 좀 더 먹고 인생 좀 더 경험한 사람들일수록 아랫사람들의 실수에 대해 더 이해해주고 관용을 베풀 때 아랫사람들이 일을 더 잘하는 것을 넘어 윗사람을 존경하고 따를 것이다. 그래야 세상도 부드럽고 좋아질 것이다. 그렇게 될 수 있도록 따뜻함과 용기를 줄 수 있는 말이 '그럴 수도 있지'다.

영어교육이 직업이기에 그런 표현을 설명해주느라고 내 자신을 보며 깨달음을 얻었다. 그냥 우리말로 접했다면 별다른 의미를 두지 않았을 것 같다. 난 이번 일로 내 직업이 너무 좋다는 것을 최고로 강하게 느껴본다. 나의 인성을 바로잡게도 되었고 특히 학생들에게 관용을 가르칠 수 있게 되었으니 얼마나 잘된 일인가. 내가 지나온 길을 되돌아보니 난 모든 사람들에게 정말로 무정한 사람이었고 야속한 사람이었다. 그렇게 살지 않았어도 됐었는데!

난 하루라도 빨리 학생들에게 포근한 선생님이라는 소리를 듣기를 바라며 주변 사람들로부터도 너그러운 사람으로 그리고 늙어서는 인자한 할아버지라고 듣기 위해서 '그럴 수도 있지.(It could be.)'라는 말을 기회가 있을 때마다 모든 사람들에게 따뜻하게 말해줄 것이다.

10

오이

2019년 5월 24일 당시 초등학교 6학년 어린이가 했었던 대답을 생각하면 언제나 기분이 좋아지고 싱그러워진다.

아이들과 라면을 끓여 먹기로 약속했기 때문에 평소 내가 하는 방식대로 라면을 끓일 때 달걀과 참치통조림을 함께 넣었다. 그리고 오이를 고추장에 찍어 먹는 것이 반찬이 되는데 그만 고추장을 준비하지 못해 그냥 오이만 먹게 되었다.

아이들은 오이만 먹는 것을 별로 좋아하지 않았다.

고추장이 마련되지 않은 것에 대해 미안한 마음이 들었다. 그래서 오이만 먹는 밋밋함도 떨쳐내고 그에 대한 미안한 분위기도 바꿀 겸 '오이가 영어로 뭐냐'고 물어보았다.

그랬더니 한 어린이가 말로 답하는 대신에 종이에 쓰겠다고 했다. 아마 '큐컴버(cucumber)'라고 발음을 잘 못해서 그런가 보다고 생각하면서 종이와 연필을 건넸다.

'OE'

그날 이후 난 언제나 이 장면을 떠올린다. 그리고 혼자서 미소

짓는다. 기분이 좋을 때도 그렇고 기분이 나쁠 때도 그렇다. 그 생각만 하면 기운이 난다. 오이를 영어로 큐컴버(cucumber)가 아닌 'OE'라고 답했던 그 상황과 같은 것들이 바로 인생을 즐겁게 살아갈 수 있도록 만들어주는 에너지다.

그 어린이는 1962년에 내가 입학했었던 인천 신광초등학교 6학년에 다녔던 민송이라는 소녀였다. 어린 나이지만 인간관계의 심리적인 부분에 많은 경험과 관심을 갖고 있으면서 이다음에 심리학자가 되고 싶다고 했었다. 가끔은 속이 좋지 않아 굶기도 한다는 그 어린이가 건강하게 잘 자라서 그 꿈을 이룰 수 있기를 소망한다.

내가 행복하고 건강하게 생활할 수 있는 것 가운데 하나는 바로 이와 같은 어린이들과 함께 지내기 때문이다. 아이들은 어른들이 시키는 대로 모든 것을 잘하기도 하지만 의외의 행동과 언어적 표현을 하기도 한다. 그것이 아이들의 특징이다.

어른들이 아이들의 이와 같은 모습을 긍정적인 마음으로 받아들인다면 심신에 싱그러운 기운이 스며들게 되고 부정적으로 받아들인다면 가지고 있던 정신마저 사나워지게 될 것이다.

사실 어른들도 모두 어린 시절을 보냈으면서도 자신들은 그렇지 않았던 것처럼 선을 긋고 말하거나 행동하는데 그래 보았자 결국엔 청출어람을 절대로 무시할 수 없다는 것을 알게 된다.

난 요즘 대부분의 새로운 정보들을 아이들을 통해서 받아들이고 있다. 그 정보가 옳고 그름을 떠나 그들이 전해주는 내용들에는 놀라운 것들도 많다. 그들이 접하는 정보의 원천은 어른들이 생각하는 것 이상으로 많다. 유튜브 등을 통해 받아들인 정보들이 잘못된 것들도 있지만 어른답게 그것들을 잘 분류해서 받아들이면 앞으로 그들이 만들어갈 세상의 흐름에 절대로 뒤처지지 않을 것 같다. 그래서 난 '꼰대'라는 소리를 듣지 않을 것이다.

하지만 그들과 함께 지내다 보면 한국말로 하는 또 다른 외국어 속에 빠진 것 같은 혼란함도 있다. 하나의 단어를 줄이거나 두 단어를 첫 글자들로만 이어 만들어 말할 때가 그렇고 말하는 속도가 무척 빠를 때 알아들을 수가 없다.

그들은 또한 주변인들과 사건에 대하여 날선 비판을 조리 있게 잘 한다. 그래서 그들이 말하는 것에 무턱대고 끼어들었다가는 오히려 망신을 당할 수도 있다.

난 이런 아이들과 항상 감정을 나누고 소통하며 매 시간 어려지고 있다. 그래서 외형만 가려진 채로 그들을 접한다면 그들도 나를 거부하지 않고 쉬운 대상으로 보지 않을까 생각한다.

어쨌든 내가 하고 싶은 말은 육체는 늙어지더라도 마음만은 어려지게 사는 것이 정신건강에 말할 수 없이 좋다는 것이다. 그래서 나는 행복하다.

아무리 돈이 많아도 마음만큼은 살 수 없다고 하는데 어디서 이렇게 아이들의 마음 밭에 드나들며 그런 싱그러움을 얻을 수 있겠는가?

11

음식을 만들다

생명체가 살아가기 위해 우선 필요로 하는 것은 바로 공기와 물과 음식이다. 그런데 사람들은 더 좋은 공기와 물을 마시고 음식을 먹기 위해 과학적으로 입증된 장치들을 이용하기도 하며 직접 좋은 공기와 물과 음식이 있는 곳을 찾기도 한다.

그런데 이처럼 생명 유지를 위한 3가지 필수요소 가운데 음식은 우리의 심신이 활동하게 하는 데 가장 많은 에너지를 만들어 준다. 그렇기에 자신의 심신을 이해하고 그에 맞는 음식을 만들어 먹는다는 것은 가장 기본적이고도 충실한 일일 것이다. 그래서 성인들로 구성된 가족의 경우 음식 장만을 가족 중에서 어떤 한 사람만이 모두 맡아서 하는 것보다는 가족마다 각기 선호하는 음식을 자신이 직접 만들어 먹는 기회를 자주 가져보는 것도 괜찮을 것 같다.

예전 같으면 우리나라 대부분의 가정에서 가족들이 각자 할 일이 나누어져 있으면서 흔히 전업주부라고 주부들만이 주로 음식을 마련했다든지 꼭 함께 모여 먹는 것을 당연한 것으로 알았었다. 하지만 이제는 부모와 자식들 모두가 벌이를 하고 사회생활도 서로 달라 혼자 음식을 먹는 기회들이 늘어가는 만큼 가족의 일체감은 점점 줄어들고 있다.

한편 우리 사회에는 1인 가구가 늘어나면서 많은 음식 재료들이 음식명에 따라 소분 포장되어 판매되고 있으며 음식 만들기 전문가들에 의해 각종 식재료들을 이용하여 맛있게 만들어 먹는 요리법 등도 소개되고 있다.

이런 사회적 분위기 때문에서였는지 난 언제부턴가 음식을 만들어 먹는 것에 관심을 갖게 되었다. 그리고 나에게 맞는 음식을 내가 직접 만들어먹겠다는 생각을 하게 되었는데 그러면서 다른 사람들에게 내가 만드는 음식을 대접해주고 싶은 마음까지 생겼다.

그것은 아마도 내가 학생들을 가르치면서 학생들에게 특별한 날에 외부 음식을 주문하여 주기보다는 직접 만들어주는 것을 좋아했기 때문이었는지도 모르겠다. 그동안 내가 학생들에게 직접 만들어주었던 음식들의 종류가 꽤 있다. 라면을 비롯하여 볶음밥과 부대찌개, 닭갈비, 떡볶이 등이 있는데 역시 학생들은 떡볶이를 가장 좋아했다. 그러면서 그들이 어디선가 맛있게 먹었다는 떡볶이를 만들어주기 위해 그들이 말해주는 재료와 방식 등을 더해가며 발전시켰다.

나의 학생들은 자주 나에게 떡볶이를 만들어달라고 부탁한다. 난 그들의 요청을 싫어하지 않는다. 떡볶이를 만들 때는 책상 위에 휴대용 가스레인지를 올려놓고 그 위의 대형 프라이팬에 재료들을 차례로 넣으며 만든다. 그럴 때마다 잘라놓은 사각 어묵을 학생들이 그냥 먹게 해달라고 하는데 난 흔쾌히 허락하며 좋은 기분을 느낄 수 있다. 어린 시절 어머니가 음식을 만드시는 동안 옆에 앉아 재료들을 집어 먹던 일들이 생각나고 그리워진다.

내가 만드는 떡볶이에는 일반적인 떡볶이 재료와는 다른 것들도 들어간다. 떡볶이는 국물 떡볶이다. 그래서 국물이 있어야 하는데 기본적으로 물에 국물떡볶이소스를 넣어 거품이 일 정도로 끓여낸다. 그런 다음 주로 떡국떡을 넣고 어묵과 조각낸 신김치, 팽이버섯, 숙주나물과 썰어놓은 파를 넣는다.

이렇게 하면서 가장 기분이 좋은 순간은 학생들이 맛있게 먹고 고마워할 때이다. 아마도 그때의 기분이 바로 어머니가 가족들에게 음식을 만들어주면서 생기는 마음과 같을 것이다.

여기서 어묵 얘기를 하고 싶다. 아이들과 떡볶이를 만들어 먹을 때나 나 혼자 떡볶이를 만들어 먹을 때마다 가장 맛있게 느껴지는 재료가 어묵이다. 어묵은 내가 좋아하는 음식 가운데 다섯 손가락 안에 들어가는 것으로서 학창 시절의 대표적인 도시락 반찬이기도 했었다. 그런 어묵이 내가 초등학교에 다닐 때는 다른 방편의 간식이기도 했다. 그 시절 다른 친구들이 학교 정문 근처의 리어카에서 파는 물오징어나 해삼을 사 먹거나 문방구에서 불량식품을 사 먹을 때 나는 집으로 향하는 곳의 한 건물에 있었던 어묵공장에서 따뜻한 어묵을 사들고 집으로 걸어가며 먹곤 했었다. 그 이후 한 번도 기억하지 못했던 그 공장의 어묵이 이 글을 쓰다 보니 생각나면서 그리워진다. 아마 그때 그 어묵이 지금의 어묵과 비교해서 맛이라든지 품질 면에서 모두 뒤떨어졌을 것 같지만 그래도 요즘의 어묵보다는 생선이 훨씬 더 많이 들었던 것 같다.

요즘 아이들도 어묵을 무척 좋아한다. 그들은 부산에서 판다는 어묵에 대해 말하곤 한다. 그러면서 그들은 어묵엔 역시 생선이 많이 들어가야 한다며 그동안 부산에 직접 갔었거나 택배로 주문하여 먹어보았던 경험과 맛을 말해주기도 한다.

나도 일전에 특별하게 만들어 먹는 방식의 어묵을 생각해낸 적이 있다. 그것은 나름대로 과학적인 방법을 바탕으로 동서양의 조리법을 이용해 만든 방식의 어묵으로서 아직은 머릿속과 종이 위에만 담겨 있다. 하지만 그것을 언젠가 조리 기구에서 재료들과 만나게 하여 음식으로 탄생시켜 세상 사람들과 나눠 먹을 것이다.

12

허벅지 힘

난 길을 걸으면서 넘어지곤 했었다. 그 이유는 걸을 때 발을 들어 올리며 걷기보다는 끌면서 걷는 경향이 있었기 때문이었다. 그런 식으로 걷다 보면 길 위에 솟아오른 작은 물체에도 발이 걸려 넘어지곤 했는데 그렇게 끌면서 걸었던 것은 다리에 힘이 없었기 때문이었다는 것을 알게 되었다.

그런데 지금은 넘어질 일이 없다. 바로 계양산 아래 동네로 이사 와 살면서 하루에 두 차례씩 매일 산 중턱까지 오르내리면서 다리에 힘이 생겼고 걷는 방식이 달라졌기 때문이다.

강아지와 산책하기 위해 계양산의 여러 길에 들어선다.

계양문화회관 앞쪽 콘크리트 보행로를 오르다 예전의 약수터를 지나 산 정상으로 올라가는 가장 가파른 루트.

계양산 장미원을 지나 산의 둘레 길을 따라가다 산 정상으로 올라가는 루트.

경인여대 뒷길의 돌계단을 통해 올라 팔각정을 지나 철재 탑이 있는 계양산성 서장대로 추정되는 봉우리까지 가는 루트.

경인여대 뒤 화장실 옆 나무계단으로 올라 하느재 사거리까지 가는 루트.

계양산성박물관 옆 돌계단을 밟고 올라 도착하는 육각정까지 가는 루트.

임학공원에서 구불구불 나무다리를 지나 둘레 길을 따라가다 왼쪽의 산 정상 쪽으로 들어서 오르는 듯 걷다가 육각정에서부터 올라오는 계단 길옆에 있는 언덕까지 이르는 루트.

병방동의 계양산 전통시장 쪽으로부터 완만하게 오르다 작은 봉우리를 넘어 본산의 둘레 길과 연결되는 루트.

그리고 계양산 둘레길.

이런 길들을 통해 아침 시간과 퇴근 이후 밤늦은 시간에 번갈아 산행을 하고 있다.

그런데 내가 산길을 걷는 모습은 남들과 다르다. 사람들은 일반적으로 언덕길을 오를 때 윗몸을 앞쪽으로 숙이고 걷는데 나는 몸을 꼿꼿하게 세워 걸어 올라가며 내려갈 때도 일부러 그런 식으로 걸어 내려간다. 그렇게 몸을 세워 걸으려면 허벅지에 힘이 들어간다. 물론 빠르게 걷지는 못한다.

이렇게 하게 된 것은, 어느 날 TV에서 허벅지가 강해야 건강을 유지하기 쉽고 허벅지가 건강의 근원이니 허벅지에 힘을 저장하기 위해서 계단을 오를 때 몸을 세워서 허벅지 힘으로 오르라는 얘기를 들은 뒤부터였다.

난 이것을 즉시 실행했다. 그러면서 지하철을 이용하기 위해 계단을 오르내릴 때라든지 그 밖에 다른 어떤 계단을 이용할 때도 몸을 꼿꼿하게 세워 허벅지 힘만으로 걷는 것을 시작했는데 주로 아침저녁으로 하는 산행에서 산길을 오르내리며 그렇게 많이 했다. 그랬더니 신체 조건이 상당히 개선됐다.

첫째, 평상시 걸을 때 발을 들어 올려 걸음을 옮기게 되니 이전처럼 뭔가에 걸려서 넘어지거나 휘청대는 일이 없어졌다.

둘째, 이전의 바지들을 잘 입을 수가 없게 되었다. 허벅지가 굵어져서 잘 맞지 않으며 엉덩이 역시 편하지 않게 되었다.

셋째, 허벅지가 굵어진 대신에 배와 허리가 가늘어졌다. 즉 뱃살이 사라진 것이었다.

넷째, 소화가 안 되는 일이 사라졌다. 심지어 과식을 해도 소화시키는 데 거의 어려움이 없는 것 같았다.

다섯째, 머리가 맑아졌다. 지금도 새로운 영어 단어는 물론 과거에 잘 익혀지지 않았던 단어들도 모조리 쉽게 암기된다.

여섯째, 귀에서 윙 소리가 났던 이명이 사라졌다.

어쨌든 나는 하루 두 차례 언덕길을 꼿꼿하게 서서 허벅지 힘만으로 오르내리기를 했더니 신체와 생활의 부분에서 좋은 면으로 많은 변화가 생겼다.

만일 소화력이 약하다든지 두뇌를 활용하는 일을 하는 사람들의 경우 꼭 허벅지를 강화시키는 운동을 해보라고 권하고 싶다. 허벅지 운동의 효과와 운동에 관한 정보는 전문서적이나 전문가들을 통해 더 많이 알 수 있을 것으로 사료된다.

13

계양산

대학 시절 폐결핵을 앓은 뒤 생활에 많은 조심성을 가지며 살아왔다. 금연하는 것은 물론 폐에 해를 끼치지 않으려고 좋은 공기와 폐에 좋다는 음식을 찾기도 했었다.

30대에는 폐활량을 늘리기 위해 수영을 하면서 주로 잠수 능력을 키웠고 40대에는 등산을 접하게 되었다. 그러다가 우연한 기회에 마라톤경기에 출전하면서 달리기도 했으나 무릎이 별로 좋지 않아 걷는 것으로 바꿨다.

그런데 등산을 하게 된 이유는 사회생활에 실패한 것을 운 탓으로 돌리며 운이 좋아질지도 모른다는 막연한 생각과 약한 신체적 기능을 보완하려는 마음이 들었기 때문이었다. 아무튼 그런 생각으로 등산에 몰입했던 결과 지리산을 비롯한 한라산과 설악산 등 대부분의 국내 유명 산들에 오를 수 있었다. 또한 그러면서 새로운 직업도 생기게 되었으며 그때부터 경제적 어려움에서 벗어날 수 있게 되어 일상생활도 정상적으로 돌아왔다고 말할 수 있을 것 같다.

이후로도 내 인생을 산에 의지하며 산으로부터 영향 받기를 원하는데 감히 내 생명과 바르게 살 수 있는 생활의 에너지는 산에서 얻어온다고 말하게 되기를 바란다.

내가 사는 곳은 산 아래 동네다. 나의 집 창문에서도 산을 볼 수 있으며 건물 앞에서 엎어지면 코 닿을 곳이 산의 입구라고 할 만큼 나의 집과 산은 가깝다. 그래서 나의 집과 동네는 산과 연결하여 살기에 더없이 좋은 구역이다.

그렇다고 나의 동네가 큰 도시와 떨어져 있다거나 산이 도시 외곽에 존재하는 것이 아니다. 오히려 나의 동네에는 지하철역과 버스 정류장 등이 있으며 대형 병원들과 유치원에서부터 대학까지의 각급 학교 그리고 생필품을 쉽게 살 수 있는 여러 곳의 대형 마트들과 전통시장 등 도시생활에 필요한 모든 것이 넘치도록 들어차 있는 곳이다.

이런 환경 속에서 매일 점심때쯤에 나는 나의 영어교습소와 집 사이를 승용차로 30분 이내 또는 지하철로 50분 정도 들여 출퇴근하고 있으며 아침과 늦은 밤 두 차례에 걸쳐 나의 강아지와 산행을 한다.

나는 산 정상에 오르는 것이 좋아서 산 아래 동네에 사는 것이 아니다. 그냥 산에 내 모든 것을 의지하는 것이 좋기 때문에 산 가까이에 사는 것이다.

여름이면 초록색 산을 보는 것이 좋은데 그런 산이 시원하고 깨끗한 공기를 산 아래로 내려 보내주니 밤사이에 온몸이 정화되어 매일 아침이면 항상 심신이 새로워지는 것 같아서 최고다. 겨울이면 추워하는 듯 보이는 산이 안쓰럽게 느껴지지만 산은 비록 추위에 힘들어도 동네를 포근하게 해주려고 찬바람을 잡아준다. 그리고 봄이면 진달래와 개나리꽃과 새싹들을 피워내 기쁨과 희망을 안겨주며 가을이면 울긋불긋 단풍들을 보여주어 지나온 한 해의 희로애락을 돌아보도록 해준다.

  그렇게 산은 내가 세상사에 잘 적응하여 살도록 세상과 주고받는 마음을 넓고 깊어지게 만들어준다.

  아울러 산을 오르내리며 나의 육신이 좋아하는 것은 청량한 새소리와 나무냄새와 풀냄새 그리고 흙냄새가 담긴 보약과 같은 공기인데 그들은 내가 숨을 쉬는 만큼 나의 폐를 비롯한 심신을 점점 더 건강하게 만들어주고 있다.

  산 정상을 향해 오를수록 도시가 점점 커지면서 마치 모든 것이 정체되어 있는 것처럼 보이지만 도시 속의 쭉 뻗은 도로에는 자동차들이 분주히 움직이고 있다. 잠시 산길에서 벗어나 돌 귀퉁이에 앉아 휴식을 취한다. 그런데 도시의 소리들이 잘 들리지 않으니 마치 무성영화를 감상하는 것 같으며 그동안의 생활에 지쳤던 마음도 스르르 풀어진다.

  이런 이유들 때문에 나는 계양산을 좋아하며 계양산에 의지하며 살아가는데 이곳에 와서 살도록 몰아붙여 준 나의 반려견 팔봉이와 삐삐가 고맙다.

14

산중 보디빌딩

시간 들임의 가치가 있는 것 가운데 또 한 가지는 운동이다. 운동은 건강을 유지하기 위해 꼭 필요한 것이기도 한데 어느 운동이나 지속하면 지속한 만큼 신체적이라든지 기술적 개선이 이루어진다.

나에게도 그런 개선이 이루어졌다. 계양산 아래로 이사 와서 나의 반려견과 함께 2년 넘게 매일 산에 오르면서 산중에 마련된 각종 운동기구로 매일 30분씩 운동을 했더니 몸에 근육이 붙기 시작했다.

그것을 실감할 수 있는 것이 옷인데 계절이 바뀌어 지난해 입었던 옷을 입을 때 허벅지 부분과 팔뚝 그리고 가슴 부분에서 끼는 느낌을 받게 된다. 그런 기분은 살이 쪘을 때도 느낄 수 있는 것이겠지만 배가 나오면서 또는 엉덩이가 불어나면서 느껴지는 것과는 하늘과 땅 차이만큼 다르다.

강아지와 산책을 하기 위해 산을 오르내리며 시작했던 운동이 여기까지 이르렀다. 비가 오나 눈이 오나 바람이 불어도 산중 체력장을 찾아 운동을 하는 것이 생활화되면서 이런 변화를 가져왔는데 그곳에서 알게 된 사람들도 많다. 그들 대부분은 10년 이상 그곳에서 운동을 해왔으며 젊었을 때 시내에 위치한 헬스클럽 등지에서 전문적으로 훈련을 받은 사람도 있다.

그들도 역시 등산이 좋아 산을 찾았다가 운동을 하게 되었다고 하는데 계양산 인근에 사는 사람들만 있는 것이 아니라 멀리 인천버스터미널에서 매일 오는 사람도 있다. 그곳 체력장에서 운동하는 사람들의 대부분은 거의 매일 계양산 정상에 올라서 그런지 그들의 근육은 일반 체육관에서 다듬어진 것과는 다른 점이 있다. 그 근육에는 자연이 함께 담겨 있어서 강인함과 인자함이 흘러넘친다.

일반 헬스클럽에 있는 기본적인 운동기구들이 마련된 그런 곳에서 그런 분들이 알려준 요령에 따라 새소리를 듣고 꽃향기와 맑은 공기를 맡으며 운동을 할 수 있으니 지상낙원이 어디 따로 있겠는가!

컴퓨터를 하기 위해 허리를 구부리고 거북이처럼 목을 앞으로 내밀었던 습관이 운전할 때도 똑같은 자세로 이어졌었다. 그런데 그곳에서 벤치프레스를 하면서 자세가 교정되었다.

걸을 때 낮은 발 높이와 짧은 보폭으로 힘없이 걷던 걸음이 어깨 위에 역기를 올려놓고 앉았다 일어나는 스쿼트를 했더니 힘과 안정감이 있는 위풍당당한 걸음걸이로 바뀌었다.

눈이 올 것 같은 겨울에 벤치프레스를 할 때 마침내 눈송이가 눈을 향해 내려앉는다. 하지만 그 눈을 피하지 않고 기다렸다는 듯 눈을 더 크게 뜬 채 받아내면 눈이 눈을 통해 심신을 청량하게 만든다.

여름에 비가 올 것 같은 때에 들어 올렸던 운동기구를 바닥에 내려놓다가 옆에서 기어가는 두꺼비를 볼 수 있다. 그러면 잠시 운동을 멈추고 두꺼비에게 다가가 손바닥으로 두꺼비의 등에 비비대며 소원을 빈다.

그렇게 상쾌하고 새로워진 심신으로 일과를 시작하니 일이 순조롭게 진행되어 만족감을 느낄 수 있으며 모든 일정을 마친 뒤 잠자리에 들게 되면 금방 산뜻한 아침을 맞게 된다.

그곳에서 함께 운동을 하는 79세의 전철봉 씨는 나에게 몸을 더 다듬어서 시니어 미스터 코리아 선발대회에 나가보는 것이 어떠냐고 제안했다.

난 그분의 제안을 받아들이며 그것들을 위해 준비하기로 했다. 그래서 그것이 계양산에서 생긴 야망이 되었다. 계양산은 나의 구태를 신선한 희망으로 바꿔주니 나도 내 자신을 최고의 상품이 되도록 최선을 다해 따를 것이다.

15

만나면 좋은 친구

"만나면 좋은 친구 MBC 문화방송", 과거 문화방송 라디오에서 자주 들을 수 있었던 로고송이다. 난 이 로고송의 리듬도 좋았고 특히 '만나면 좋은 친구'라는 표현이 무척 마음에 들었었다. 그래서 간혹 친구를 만났을 때 장난삼아 '헤이, 만나면 좋은 친구'라고도 했었는데 그렇게 하고 나면 정말로 그 친구와 만나면서 훨씬 더 기분이 좋아졌었다.

그런데 그런 기분을 계양산에서 느꼈다.

난 매일 아침 8시가 지나면 나의 반려견과 함께 계양산에 오르면서 항상 들러서 운동기구들을 이용하는 곳이 있다. 계양문화회관 앞에서 산으로 향하는 시멘트 포장길을 따라 곧장 오르다 보면 과거 약수터였던 곳 위쪽에 마치 사랑방과 같은 작은 야외 운동 공간이 있다. 그곳에는 수평대와 철봉대가 있고 역기들이 갖추어져 있다.

내가 그곳에서 운동을 할 시간쯤이면 8명 정도의 시니어들이 모이는데 그들은 계양산 인근에 살기도 하지만 관교동에 위치한 인천시외버스터미널 근처에 살면서 매일 계양산에 찾아와 그곳에 들러 운동하는 김창수 씨도 있다.

그곳에서 서로 형식적인 인사만을 나누며 운동을 하던 어느 날 자신을 소개하는 시간을 갖게 되었다. 그때 배원기 씨가 과거에 인천지역에서 경찰생활을 했었다고 자신을 소개했다.

나에겐 고등학교 시절에 함께 어울리던 나를 포함한 4명의 친구들이 있었다. 다른 친구들은 우리를 4인방이라고 불렀었다. 그런데 그 친구들 가운데 윤근성이라는 친구가 경찰이 되었지만 만난 지 오래되어 그의 근황을 모르고 있었다. 그래서 배원기 씨에게 그에 대하여 물었더니 경찰 동기라면서 즉시 누군가에게 친구의 휴대전화번호를 알아내어 알려주었다.

나는 바로 그 자리에서 친구와 통화를 했고 다른 친구들의 전화번호도 알아내어 연락을 취했다. 그리하여 그 이래로 윤근성과 민승린, 하재홍과 만나면서 학창 시절의 추억을 회상하며 즐겁게 보내고 있다.

계양산은 나의 고등학교 친구들을 다시 만나게 해주어 '만나면 좋은 친구'를 더 큰 소리로 외치게 해준 산이다. 계양산에 고맙고 또한 만남이 있게 해준 배원기 씨에게도 고맙다. 그렇기에 그곳에서 새롭게 만나 함께 운동을 하는 전철봉 씨와 고창연 씨, 안한수 씨, 김순창 씨, 오세천 씨, 권태오 씨 등에게도 감사드리며 모두 건강하고 계속 잘 어울려 그분들과의 사이에서도 역시 '만나면 좋은 친구'라는 말이 자연스럽게 흘러나오기를 바란다.

그런데 그와 같이 될 수 있는 일이 이미 벌어졌었다.

내가 그곳을 알게 되어 찾았던 초창기에 나는 그들과 인사하며 선생님이라는 호칭을 붙였었다. 그러자 안한수 씨가 거리감

들게 왜 그러냐며 형님이라는 호칭을 제안함으로써 그것이 서로 가까워지도록 물꼬를 튼 셈이 되어 형님이라는 호칭을 사용하게 되었다.

그렇게 어울려 지내는 분들 가운데 전철봉 씨는 79세에도 불구하고 허리운동을 하기 위해 누운 채 상체와 하체를 90도로 굽혔다 펴기를 수십 번씩 할 만큼 대단하다. 그는 세계여행을 좋아해서 남미와 북미 등 육대주에 있는 나라들을 여행해왔다고 한다. 세상을 직접 체험하며 세상을 많이 아는 만큼 세상사에 관심도 많은 그는 함께 운동하는 사람들과 스스럼없이 마음을 나누는 너그러운 사람이다. 그는 특히 젊은 사람들과 대화하기를 즐기는데 그분과 얘기를 나누면 편안한 기분이 들어 좋다.

또한 78세의 고창연 씨는 호흡기 질환을 앓고 있으면서도 하루도 빠짐없이 그곳에 오는데 오는 도중 숨이 차서 몇 번을 쉬기도 한단다. 그런데 그분이 어느 날 왕벌로 담갔다는 20년 된 술을 가져왔다. 우리는 그 술을 놓고 몸에 좋다는 등의 많은 얘기들을 나누며 한잔씩 마셨다. 그런 다음에 운동을 했더니 몸이 뜨거워져서 그랬는지 땀이 평소보다 더 많이 났지만 덜 지치는 것 같았다. 기분상 그런지는 몰라도 그 술이 몸에 좋은 것처럼 느껴졌다. 하지만 정작 그 술을 가져온 고창연 씨는 술과 담배를 전혀 못하시는 분이었다. 2001년 9월 10일에 지인으로부터 왕벌을 받아 그 술을 담갔는데 그동안 잊고 있다가 함께 운동하는 우리들에게 주려고 20년 만인 2020년 9월 10일에 개봉하여 가져온 것이라고 했다.

그리고 우리들 가운데서 가장 젊은 김순창 씨는 그곳의 지킴이와 같은 사람이다. 매일 아침 일찍 그곳을 찾는다는 그는 그곳

일대의 깨끗한 환경을 위해 청소하는 것이 몸에 배어 있는데 운동 공간 옆 축대에 기대놓은 몇몇 빗자루들도 아마 그가 가져왔을 것 같다. 내가 몇 달 전에 이곳을 알게 되어 가끔 들렀을 때도 그는 매우 상냥하고 친절했었다. 그도 역시 그의 집에서 반려견과 함께 생활해서 그런지 특히 나의 반려견 삐삐에게 잘 대해주어서 고맙다.

계양산의 그곳에서 그런 사람들을 만나면서 시작되는 매일이 건강과 행복으로 넘쳐난다. 이제 그런 분들이 '만나면 좋은 친구들'이 되었고 그곳이 또한 '만나면 좋은 곳'이 되었다.

16

계양산은 코로나 백신

계양산은 코로나 백신이다. 산에 있는 나무 때문인지 아니면 흙 때문인지 몰라도 계양산에 다녀오기만 하면 몸 안팎에 코로나 바이러스가 얼씬도 못 해 코로나 바이러스에 걸리지도 않고 남들에게 전염시키지도 않게 된다.

이렇게 된다면 좋겠다.

그래서 요즘 계양산에 사람들이 그렇게 많이 있는 것이라고 이해할 수 있다면 얼마나 좋을까!

계양산 아래로 이사 온 지 2년 6개월 정도 되었다.

2018년도만 해도 토요일과 일요일을 제외하고 계양산을 찾는 사람들이 그렇게 많지 않았다. 그래서 인천 지하철 1호선인 계산역에서부터 계양산으로 올라가는 길가에 들어선 음식점과 등산용품 판매점들을 보면서 영업이 잘될 것인가를 걱정스럽게 생각해보기도 했었다.

그런데 2020년 여름이 되자 긴 장마와 연이은 태풍 속에서도 토요일과 일요일은 물론 평일에도 계산역에서부터 계양산으로 향하는 등산객들이 이어지는데 오후엔 길가 음식점마다 손님들이 많다. 이런 등산객들은 인천 지하철과 버스 등의 대중교통을 이용한 것이고 승용차를 직접 몰고 찾아오는 등산객들도 많다. 그들은 계양산 아래 문화원이나 박물관 맞은편 공영주차장, 경인여대 후문 쪽 주차장 그리고 임학공원 주차장 등에 주차한다. 그러나 그 정도로는 주차 공간이 턱없이 부족하다. 그래서 인근 골목에 있는 빌라 앞에 정차하여 주민들과 실랑이를 벌이는 등 극한 상황에까지 이르기도 한다.

또한 계양산의 등반은 낮에만 이뤄지는 것이 아니다. 밤에도 상황은 비슷한데 낮과 다른 점은 등산객들의 대부분이 젊은이들이며 자가용을 이용한다는 것이다. 그들은 주로 경인여대 후문 쪽 주차장에 자동차를 주차하는데 간혹 박물관 앞 도로 가장자리에 주차해놓기도 한다.

야간에 등반하는 그들은 이마나 목에 거는 플래시나 손전등, 휴대전화 전등을 이용하여 정상을 오르내리는데 그 광경이 정말로 볼만하다. 그들의 대부분은 두 명 또는 서너 명씩 짝을 짓는데 10여 명 정도가 모인 무리들도 있다. 아마 실내 운동시설을 이용하지 못하게 되니까 피트니스를 위해 전문가를 중심으로 모인 것 같은데 규칙을 정해 모여서 등반하고 헤어질 때도 서로 예의를 갖추는 것을 보면 부럽게 느껴지기도 한다.

다행히 계양산에 등산 다니며 코로나에 걸렸다는 소식은 듣지 못했다. 물론 충청도 쪽의 산악회 사람들이 확진되어 친인척에게까지 전염시켰다는 얘기는 들었다.

코로나를 퇴치시키기 위해 정부를 중심으로 온 국민이 합심하여 사회적 거리 두기 등 규칙을 지키고 있지만 그런 규제가 너무 길어지니까 사람들이 답답함을 이겨내지 못하고 산을 찾았기 때문에 등산객도 늘었고 결국 산악회원 중에 코로나 확진자도 발생하게 되었다고 했다.

그래도 산뿐이 없다. 사람들이 모여 사는 주거 공간이라든지 영업장 같은 곳에서 코로나 바이러스를 가지고 있는 사람과 접촉했을 때 전염이 되었다고 하면 그 장소까지 모조리 방역을 할 것이다. 하지만 산은 방역할 수 없으며 방역할 필요도 없다. 산은 사람들에게 도움을 주기도 하지만 사람들이나 사람들이 가지고 있는 해로운 것으로부터 자신을 지킬 뭔가를 가지고 있을 것이다.

특히 계양산은 특별한 효험이 있어서 그야말로 계양산을 찾은 등산객은 어느 누구라도 계양산의 도움을 받아 코로나 등의 바이러스로부터 안전할 수 있기를 바란다.

17

미드 홀

시니어 미스터 코리아 선발대회에 출전하기 위해서는 많은 인내와 노력이 필요할 것이다. 하지만 그것은 내 건강을 지켜가는 방법 가운데 하나가 되기 때문에 즐거운 기대를 갖고 지금과 같은 생활을 유지하다가 적절한 때에 나서기만 하면 된다.

그렇지만 자금을 들여 제품으로 생산해야만 하는 '미드 홀'의 경우는 철저한 마케팅이 필요하다. 이 제품을 생산하여 성공하면 대박이 될 수 있지만 그렇지 않을 경우엔 쪽박을 찰 수도 있기 때문이다. 대박이냐 쪽박이냐의 극단적인 선택이 될 수밖에 없는 이유는 제품의 특성상 국내 생산이 쉽지 않으며 앞으로 생길지도 모를 경쟁력에 대비하기 위해 저렴하게 대량 생산해야 하기 때문이다.

난 '미드 홀'을 생각해내기 위해 많은 실험을 했었다. 본래 영어를 쉽고 재미있게 익힐 수 있는 방법을 게임에서 찾겠다는 것이 기본 개념이었다. 그러면서 새로운 방식을 만들기보다는 기존에 인지된 게임기를 이용하는 것이 게임을 하려는 대상자들이 즐기기에 더 좋을 것이고 판매에도 효과적일 것이라고 판단했다. 아울러 청소년들을 대상으로 했기 때문에 활동과 집중력이 필요한 게임방식이 적합하다고 생각했다. 그 결과 당구대를 떠올렸던 것이다.

당구대에서의 당구 게임은 근본적으로 상대가 있다. 그 결과 경쟁심이 유발되는데 만일 당구대의 포켓에 상대방의 공을 쳐 넣을 수 있는 방식을 이용한다면 더 재미있을 것 같았다. 그래서 많은 포켓을 만들어 그 포켓에 알파벳을 부여한 뒤 상대방의 공을 포켓에 쳐 넣으며 단어를 먼저 형성하는 사람이 승자가 되도록 했다. 그러면서 단어가 쉽게 암기되도록 하는 게임이었다.

학생들은 그 게임기로 게임하기를 좋아했다. 그러나 그들은 단어를 익히기 위해서가 아니라 그저 게임을 즐기기 위한 것으로 단어의 형성과는 상관없이 상대의 공을 쳐서 포켓에 넣는 것에만 쾌감을 느끼고 있었다. 그러던 어느 날 학생들이 상대의 공을 쳐 넣는 룰을 정해놓고 게임을 하는 것을 보게 되었다. 그리고 그 게임을 하고 싶어 안달이 난 학생들 때문에 수업마저 제대로 할 수 없었다. 결국 게임기는 창고에 들어가게 되었고 특별한 날에만 사용하기로 했다.

그로부터 3년 정도 지난 뒤 당구대를 생산하기 위한 조사를 했다. 학생들의 관심도와 다른 게임과의 비교, 사회적 반응, 구매 가능자, 직접 판매와 간접 판매의 효과, 판매 극대화를 위한 전략, 국내외 생산비용과 소품 조달 등을 알아보았다. 그러면서 중국 광저우 인근에 있는 소도시의 당구대와 당구공 공장을 알아내어 직접 찾아갔었다.

그 결과 조직을 구성하고 자금을 확보해야만 하는 것이 쉽지 않았다. 더구나 영어교육에서 손을 뗄 수가 없었기에 미루고 미루다 보니 어느덧 '미드 홀'을 기획한 이래 18년이란 시간만을 보내고 말았다. 하지만 그것을 할 것이라는 계획만 있어도 마치 학창 시절에 소풍을 앞두고 즐겁게 준비하는 기분이 일듯 긍정적인 생각이 들어서 좋았다.

더구나 세상도 많이 바뀌고 있다. 청소년들의 게임은 주로 인터넷을 이용한 휴대폰 게임이 되었고 그로 인해 활동량도 많이 줄었다. 그래서 어른들은 청소년들의 건강에 대하여 걱정하며 운동과 활동적인 취미생활을 권유한다.

그리고 노인 인구도 점점 더 증가하고 있다. 그에 따라 노인에 대한 정부의 복지정책과 사회적 배려도 훨씬 더 나아졌다. 그러나 노인들이 노인회관 등의 실내에서 건강을 유지하기 위해 즐길 만한 쉬운 스포츠는 그리 많지 않다.

난 '미드 홀'이 세상에 나오면 대회를 만들어 단순하게 치러지는 대회를 통해 참가하는 사람마다 즐거움을 누리게 하고 싶다. 특히 코로나 바이러스 때문에 사회적 거리를 두고 있는데 각자 당구대에서 휴대폰을 통한 실시간 영상을 공유하며 상대와 떨어져서도 게임을 할 수 있도록 할 것이다.

Part

4

내게 온 영어

1

만난 계기

초등학교 5학년 때 친구들과 놀면서 자주 문제를 일으키자 아버지는 마침내 내가 밖에서 놀지 못하게 하려고 출근 때마다 영어 알파벳을 순차적으로 써놓은 16절지를 주셨다.

"놀고 싶거든 이거 다 한 다음에 나가 놀아라!"

영어 알파벳 'O'를 놓고 '영'이라고 했던 그 시절, 난 그것이 별것 아니라고 생각하며 오로지 밖에서 친구들과 놀고 싶은 생각에만 사로잡혀 뚝딱 해치웠다. 그러나 그것은 영어 알파벳이 아니었다. 어떻게 쓰고 무슨 글자인지도 모른 채 그저 그림처럼 크게 그려서 백지를 금방 채웠다.

아버지는 퇴근하시자마자 그것을 보시고 꾸짖으셨다. 그리고 다음 날엔 20개 이상의 줄이 쳐진 16절지가 주어졌는데 맨 위에는 역시 영어 알파벳이 씌어 있었으며 그것을 보고 각각의 줄에 똑같은 크기와 모양의 알파벳을 써넣어야만 했었다. 그런 식으로 몇 달을 보내면서 영어의 알파벳이 정확하게 어떤 소리를 내는지 모르면서도 쓸 수는 있게 되었다.

그런데 얼마 뒤 매일 알파벳을 써주고 확인하는 것이 귀찮아지게 되셨는지 아버지는 어느 날 미군들이 '한국 생활에서 주의해야 할 점'이라는 내용이 담긴 영어 안내 책자를 가져오셨다. 그러면서 그 책에 있는 문장들을 페이지마다 보고 쓰게 하시며 그제야 알파벳의 발음과 단어를 읽는 법을 알려주셨다. 그렇게 하여 영어 알파벳을 읽을 수 있게 되었고 각각의 알파벳의 발음은 우리나라 말에 없는 'C, F, L, R, V, Z' 등이 있으며 또한 우리말의 자음이나 모음처럼 한 가지 소리만 내는 것이 아니라 많은 소리를 낸다는 것도 알게 되었다.

예를 들어 26개의 알파벳 가운데 5개의 모음인 'A, E, I, O, U'가 우리말의 모음처럼 '아, 야, 어, 여, 오, 요, 우, 이' 등의 소리만 내는 것이 아니라 단어의 쓰임에 따라 모든 모음 소리를 낸다는 것과 나머지 21개 자음 가운데 어떤 자음들도 역시 하나의 소리만 내지는 않는다는 것, 단어를 발음할 때 어떤 경우엔 발음을 하지 않는 묵음도 있다는 것 등을 알게 되었다. 그러므로 영어를 글자로 익히려면 단어마다 발음이 다른 경우가 많기 때문에 그런 단어들에 대해서는 영어를 말하거나 영어를 아는 사람으로부터 직접 듣고 배워야 할 필요가 있다는 것을 깨닫게 되었다.

2

궁금증 유발

그렇게 또 몇 달을 보내고 나니 6학년이 되었다. 오직 밖에 나가 놀고 싶은 마음에 그저 책의 내용을 빨리 옮겨 쓰는 것에만 신경을 쓰던 어느 날부터 쓰는 문장의 내용이 무슨 뜻인지 알고 싶어졌다. 그래서 아버지께 그 문장의 뜻이 무엇인지 여쭤보았다. 그랬더니 아버지는 단어마다의 뜻을 알려주시면서 문장의 전체 뜻도 말씀해주셨다. 그러나 나는 단어의 뜻과 발음만 알면 누구나 영어를 할 수 있는 것으로 생각했었다. 우리말과 영어의 어순이 똑같다고 여겼기 때문이었다.

그런데 문장마다의 뜻에 대하여 자꾸 궁금해하자 아버지는 내가 밖에 나가서 놀지 못하게 하기 위해 영어를 쓰게 시키셨던 본래 목적에서 벗어나 오히려 나에게 시간 뺏기는 것이 싫으셨는지 어느 날 그 책을 회수하시며 영어와 한글이 함께 담긴 '이솝 우화'라는 책을 가져다주시면서 앞으론 그 책을 보고 쓰라고 하셨다.

그 책은 너무 재미있었다. 특히 어떤 내용들은 학교 교과서에도 실려 있었는데 그래서 그랬는지 학교 공부에도 도움이 되었고 그 내용들을 옮겨 쓴다는 것이 전혀 싫지 않았었다. 그러면서 그때 이솝우화에 대한 내용들을 많이 알게 되었고 우화 속의 영어단어들도 많이 익혔다. 그때 익혔던 그 단어들은 사람의 감정과 관련된 것들이 많았기 때문에 오히려 그것들이 그 당시 우리말을 잘 하도록 표현력을 길러주었고 이후 영어의 기본 구조를 이해하는 데도 큰 도움이 되어왔다.

그리하여 중학생이 되었을 때 그때 익혔던 많은 단어들이 대부분 형용사들이었다는 것과 그 형용사 앞에 'be동사'를 놓으면 상태를 나타내는 동사가 된다는 것 그리고 그 형태가 영어의 가장 기본적이고 중요한 문법이라는 것을 깨달았다.

예를 들어, 그때 읽었던 많은 이야기들 가운데 '욕심 많은 개(greedy dog)'가 있었다. 그 제목에서 '욕심 많은(greedy)'이란 단어는 '개(dog)'라는 명사를 꾸며주는 형용사가 된다.

그런데 '욕심 많은(greedy)'이라는 형용사 앞에 'be동사' 가운데 하나인 'is'를 놓으면 '욕심 많다(is greedy)'가 된다.

그러므로 '이 개는 욕심이 많다.'라는 말은 영어로 'This dog is greedy.'가 된다.

이것이 영어의 기본 개념이었다.

3

오르골

초등학교 6학년의 크리스마스 때였다. 아버지가 영어 선물이라며 미국에서 온 것이라는 오르골을 주셨다. 그것은 전면에 태엽을 감는 로터리 손잡이가 있었는데 그 손잡이를 시계 방향으로 감았다가 놓으면 감긴 태엽이 풀리면서 멜로디가 흘러나왔다. 그 오르골은 가로 15센티미터 세로 10센티미터 두께가 5센티미터 정도의 트랜지스터라디오 크기와 모양이었는데 노란색 플라스틱의 외형으로 꽤나 단단했었다.

그 오르골은 작은 종이 포장지 안에 설명서와 함께 들어 있었다. 그런데 그 설명서는 온통 영어로 쓰여 있었으며 그 멜로디의 원래 가사 내용이 적혀 있었다.

Are you sleeping? Are you sleeping?
Brother John. Brother John.
Morning bells are ringing. Morning bells are ringing.
Ding dang dong. Ding dang dong.

나는 그 오르골을 틀어놓고 가사를 보며 멜로디에 맞추어 따라 불렀다. 그리고 그 가사가 금방 암기되어 하루에도 몇 차례씩 멜로디 없이도 부르곤 했다. 심지어 잠자리에서도 그 멜로디를 들으며 잠들곤 했는데 가사의 내용을 보면 '브라더 존, 잠자고 있어? 아침 종이 울리고 있어. 딩 댕 동'이라는 뜻으로 아침이니까 일어나라는 의미의 내용이었다.

그런데 그런 내용의 멜로디를 마치 자장가(lullaby 러러바이)로 들으며 잠들었던 것이 우습다.

하지만 지금 생각인데, 내가 팝송을 좋아하게 되었던 것과 팝송을 통해 영어를 배우려고 했었던 것의 뿌리가 거기에 있었던 것 같다.

난 1960년대의 초등학교 학생으로서 영어 노래 1곡을 다 부를 수 있었는데 그 노래를 다른 친구들 앞에서도 종종 불렀었다. 그러면서 실제로 사용되는 영어도 말해보고 싶어졌다. 그래서 아버지께 내가 책을 보고 옮겨 쓰는 대신에 실제 생활에서 사용하는 말들을 쓰게 해달라고 했다. 그리하여 아버지께서 써주신 짧은 말들을 나는 매일 쓰고 외워서 저녁이면 아버지로부터 검사를 받았었다.

4

인생 선물

아버지께서 나의 요청에 따라 써주신 내용은 인사말과 부탁이나 명령하는 말들이었다. 그러면서 물론 발음과 뜻을 알려주셨는데 'Hello!(안녕하세요)'를 비롯하여 'Good morning(좋은 아침입니다)', 'Good bye(안녕히 계세요)' 등의 인사말과 'Come in (들어와)'이나 'Sit down(앉아)', 'Stand up(일어서)', 'Go home (집에 가)', 'Listen to me(내 말을 들어봐)', 'Look at me(나를 봐)', 'Don't go out(나가지 마)' 등의 '명령어'였으며 예의를 갖추거나 부탁할 때는 'Please'라는 단어를 말의 앞이나 뒤에 붙이면 된다고 하셨다.

그런 식의 말들도 책을 옮겨 쓰듯 역시 한 달 정도 베껴 쓰며 익혔다. 그런 다음 내가 중학교에 들어가면서 아버지께서 아침마다 내주셨던 영어 알파벳과 책 그리고 간단한 명령어 등의 쓰기가 끝나게 되었다.

내가 밖에 나가 놀면서 친구들과 어울리며 장난치지 못하도록 아버지께서 내게 내주셨던 영어 베껴 쓰기는 약 2년 정도 계속 됐었다. 그러면서 난 그 당시에 이미 동작을 나타내는 '동사'가 말의 핵심이라는 것을 깨닫게 되었다.

그 이후 '동사'란 동작이나 상태를 나타내는 말로서 동사 하나만으로도 사람 사이에 소통이 가능할 수 있다고 생각하며 일상생활 중에 잠에서 깨어날 때부터 잠들 때까지 일어나는 일들에 관한 동사들을 알아보기도 했었다. 그런 다음 그 동사들을 명령하는 식으로 모든 일에 적용시키며 혼자 떠들면서 암기했다. 그렇게 동사를 중요하게 여기면서 암기했던 것이 나중에 동사로부터 파생된 많은 어휘들을 알게 되는 것과 영문법인 '부정사'와 '동명사', '분사' 그리고 수동태 등을 쉽게 이해하고 사용하는 데 큰 도움이 되었다.

아버지께서 나의 초등학교 시절에 내가 말썽꾸러기가 되는 것을 막기 위해 세우셨던 무작정 영어 베껴 쓰기가 영어에 대한 호기심과 관심을 일으켜 영어를 좋아하게 만들었다. 그리고 그 덕분에 스스로 영어를 익히는 습관을 갖게 되면서 외국 생활에서 소통의 언어로 사용하는 경험 등을 거치면서 영어교육자로까지 변신되었다. 영어는 결국 나의 인생 이모작을 위해 아버지께서 미리 예비해주신 인생 선물이었다.

5

어순에 흥미

중학교에 입학하며 받은 영어책의 제목은 '윌리와 셀리'였다. 'What is this?(이것은 무엇이니?)'와 같은 문장이 담겼었던 그 책을 나는 영어선생님과의 수업을 갖지 않았어도 거의 다 읽을 수 있었다.

그런데 1학년의 초기엔 영어수업에 알파벳을 쓰는 것에 많은 시간을 들였었는데 '펜맨쉽'이라는 책을 보고 그 책에 있는 대로 영어 알파벳을 쓰는 것이었다. 그것도 연필이나 볼펜으로 쓰는 것이 아니라 잉크병에 펜촉이 끼워진 펜을 넣어 펜촉에 잉크를 묻힌 뒤 그 펜으로 쓰는 것이었다. 더구나 그것을 주로 숙제로 내주어 집에서 몇 페이지씩 써오게끔 하여 이미 알파벳을 다 알고 잘 쓸 줄 알았던 나는 그것을 쓰는 것이 몹시 귀찮았었다. 그래도 좋았었던 것은 필기체를 쓰는 것이었다. 필기체를 쓸 때는 유명한 사람이 되어 사인을 해주는 기분이었다. 지금은 필기체를 전혀 사용하지 않기 때문에 필기체로 쓰는 글자조차 까먹은 것 같지만 어쩌다가 필기체를 보면 기분이 좋아진다.

한편 영어수업 시간엔 영어선생님이 읽어주는 문장을 학생들이 따라 읽었는데 나는 신이 나서 큰 목소리로 읽었다. 그리고 선생님이 페이지별로 학생들이 읽도록 시키셨을 때 내가 읽으면 선생님이 잘 읽으며 발음도 좋다고 하셔서 학교 영어수업이 가장 재미있는 시간이기도 했다. 그러면서 수업도 더 열심히 들었는데 책에 있는 단어들은 대부분 아는 것이었지만 영어의 어순에는 익숙하지 않았기에 어순에 관심이 생겼다.

　아버지가 가져다주신 주한미군을 위한 책과 이솝우화를 보고 베끼면서 단어와 문장 전체의 뜻은 이해했었지만 영어의 어순에 대해서는 관심을 갖지 못했었다. 더구나 아버지가 알려주신 명령어는 주로 동사로만 이루어진 것들이었기에 그랬었다.

　선생님의 설명에 귀를 기울이며 영어의 어순을 이해하기 시작했다. 문장에는 주어가 있고 주어 다음에 동사가 있으면서 영어는 주어 동사만 있어도 처음부터 말이 된다는 것을 알게 되었다. 그러면서 'be동사'와 '일반 동사'가 있는데 'be동사'가 자체적으로 사용되기도 하지만 'be동사'와 형용사가 더해져 상태를 나타내는 동사가 된다는 것을 그동안 많이 익혔던 형용사와 더불어 쉽게 이해할 수 있었다. 그리고 'be동사'든 '일반 동사'든 그들 다음엔 그 동사들의 의미와 연결되는 단어들이 꼬리를 물듯 이어지는 문장의 어순에 흥미를 갖고 익숙해져 갔다.

6

문장이 암기돼

중학교 2학년쯤 되자 물어보는 말과 부정하는 말 등을 비롯한 영문법 설명이 늘었고 습득해야 할 어휘도 훨씬 많아졌다. 그래서 '삼위일체'라는 영문법 책으로 영문법을 이해하면서 영어사전을 많이 이용하게 되었는데 큰 사전보다는 콘사이스를 사용하였으며 심지어 학년별 영어책에 담긴 단어들만을 취급하는 사전 형식의 책을 구입하여 달달 외우기도 했었다.

그런데 그런 책들은 단어의 뜻을 알려주면서 그 단어를 이용한 실생활에 사용되는 간략한 문장들도 소개했는데 나는 그런 것이 맘에 들었다. 그래서 단어 암기를 위해 문장 전체를 암기하는 습관이 생기게 되었다. 그렇게 하다 보니 중학교 3학년 때까지 암기했었던 문장들이 500개 이상 됐었는데 그런 문장들을 내 나름대로 의문문이나 부정문으로 바꿔보기도 했으며 혼자서 그에 대한 답을 해보기도 했었다.

그러나 당시에 아쉬웠던 것은 그런 내용들을 직접 들을 수 있는 기회가 없어서 듣는 능력은 발전되지 않았었다.

그때의 상황과 오늘의 상황을 비교할 때 오늘날에는 영어뿐만 아니라 모든 외국어를 익히기에 너무나 좋은 방법들이 있어서 좋다. 대표적인 것으로 책으로 된 영어사전이 필요 없게 되었다. 모르는 단어를 컴퓨터나 휴대전화에서 찾아보면 그 단어와 관련된 문장까지도 지나칠 정도로 자상하게 알려주며 발음 또한 정확하게 들려주기 때문에 마음만 먹는다면 아주 빠른 시간 내에 영어를 습득하는 것이 가능할 수 있을 것 같다.

난 요즘 잘 기억나지 않는 어휘가 있다거나 알지 못했던 어휘를 만났을 때 그 어휘를 휴대폰으로 찾아보며 인내심을 갖고 그 어휘에 대한 설명과 예문들을 끝까지 다 보고 듣는다. 그렇게 하면 어휘는 물론 문장까지 쉽게 암기되곤 하는데 그래서 그렇게 하는 것이 무료함을 달래는 데 최고의 방법이 되었다. 그러면서 얼마 전부터는 이미 알고 있는 어휘들에 대해서도 하루에 10개씩 찾아서 처음부터 끝까지 보고 듣는 것을 즐기고 있다.

그래서 바란다면, 휴대폰을 그런 방면에 사용하여 휴대폰이 영어를 하게 만든 문명의 이기였다고 말하는 실존의 인물을 만나고 싶다.

7

영작에 심취

아버지가 적어주신 명령문을 쓰고 외우면서 동사가 중요하다고 확신했었는데 거기에 많은 문장을 암기해놓았더니 우리말을 영어로 표현하고픈 마음이 들었다. 그러면서 고등학생이 되자 중학교 때보다도 훨씬 많은 단어와 숙어 등의 어휘를 암기해야만 했다. 그런데다 영어를 잘 듣고 말할 수 있는 실용영어를 익히는 것이 아니라 영문법을 잘 알아야 대학 예비고사와 본고사 문제들을 풀고 대학에 입학할 수 있다고 하여 영어 공부가 완전히 영문법 위주로 바뀌고 말았다.

하지만 중학교 때 이미 영문법에 관해 어느 정도 알아놓아서 크게 달리지는 않았지만 당시 고등학생들의 필독서였던 송성문 씨가 지은 '기본영어'라든지 '정통종합영어'로 영문법과 어휘들을 더욱 강화시켰다. 그러나 그것들을 익히기 위해 역시 어휘를 문법에 적용시켜 문장으로 만들어 혼자 묻고 답하는 등의 방법을 이용했는데 이전과는 완전히 달라진 영작을 하게 되었다.

어떤 어휘가 되었든 '부정사'와 '동명사', '분사 구문', '수동

태', '관계대명사', '관계부사' 등이 들어가는 문장이 되게 하여 이것으로 다시 의문문과 부정문 등을 만들어 독백하면서 익히는 습관을 들였다. 그랬더니 옆에서 보던 친구들이 우리나라 가요의 가사를 영작해서 부르라고 하여 나훈아, 송창식, 어니언스 등 당시에 좋아했었던 가수들의 노래를 모두 영작하기도 했었다. 또한 팝송도 좋아했기에 팝송 가사들을 해석한다든지 가사를 암기하여 부르곤 했었다.

그때 영작하기 위해 영어의 문법에 따라 단문과 복문 등의 문장을 만들며 영어의 구조는 앞뒤 단어들의 의미가 서로 필요로 하는 관계로 이어져 길어진다는 문장구조를 이해하고 그렇게 말이 흘러가도록 듣고 말하는 것에 습관을 들였던 것이 영어를 할 수 있게 했던 원동력이었다.

그러나 그런 식으로 영어를 익히는 것은 내가 영어를 익히기 위해 취했던 나만의 방법일 뿐이었다. 나도 다른 학생들이 영어를 공부하는 것과 마찬가지로 실생활에서 많이 사용되지 않는 소위 어렵다는 단어들이 들어간 문장들을 해석하며 영어를 마치 수학문제를 풀어가듯 문법을 따져가며 문제로써 풀 수밖에 없었다. 하지만 그런 문제풀이 영어도 영문법을 잘 알고 영작을 잘 할 수 있었기에 어려움 없이 해낼 수 있었다.

8
취업을 위해

　대학생이 되자 대학에서 영어를 공부하는 기회가 거의 없었다. 순전히 자기 자신이 알아서 하는 것인데 교내에서는 각각의 단체가 주관하는 토플이라는 강의가 있었지만 대부분 취업을 앞둔 고학년들만이 관심을 두었었다.

　난 어느 날 학교에 찾아온 '시사영어'라는 월간잡지의 세일즈맨을 만나면서 그 책을 정기 구독하게 되었는데 그 잡지를 통해 영어와 지속적인 관계를 유지할 수 있었다. 그리고 영어를 들을 수 있는 기회를 갖기 위해 **AFKN** 라디오 방송을 청취하거나 당시에 유행했던 '워크맨'이라는 카세트를 구입하여 그것으로 영어회화 테이프라든지 각종 영어 관련 테이프들을 들었다.

　그리고 대학 3학년 1학기를 마칠 때쯤 공군에 자원입대하면서 마치 세상과는 연이 끝난 것처럼 영어와 관련된 어떤 것과도 관계를 끊게 되었다.

　그렇게 보낸 35개월의 군복무는 나의 머릿속을 깨끗하게 청소시켰었다. 군복무로 머리가 비어져서 그랬는지 예전보다 영어 문장이 더 잘 암기되는 것 같았다. 그래서 새벽마다 CBS 라디오에서 방송하는 문창순 생활영어를 매일 들으면서 녹음하여 모두 암기했다. 그리고 KBS 교육방송에서 영어교육을 위해 방송하는 '러브 스토리' 등의 영화를 일정 부분씩 나눠서 설명하는 것을 보고 들으며 영어와의 관계를 복원했다.

그러는 가운데 대학 4학년이 되면서 취업을 준비해야만 했었다. 언론인이 되겠다는 계획으로 국어와 영어, 상식 등을 공부해야만 했었는데 영어는 그 당시에 유행했던 '이재옥 토플' 책을 구입하여 그 책으로 영어 시험에 대비했다. 당시에 시험을 응시했던 곳이 방송사와 신문사였는데 모든 언론사들의 영어 시험이 무척 쉬웠던 것으로 기억된다. 그런데 출제된 문제들의 방식이 토플보다는 고등학교 때 공부했던 '정통종합영어'의 방식과 더 많이 비슷했었다.

내가 바랐던 영어의 목표는 대화였다. 그러나 대학입시 또는 취직을 위해 요구되었던 것은 모두 어휘력과 문법에 그치는 수준이었다. 그것으로 응시생의 영어 능력이 평가되었는데 합격하고 나면 그것으로 끝이었다.

나는 방송사에 입사한 것과 함께 내가 영어를 생활 속에서 사용할 수 있는 기회는 없을 것이라고 생각했었다. 그러면서 그동안 그렇게 힘들여 머릿속에 새겨두었던 어휘들이 하나씩 지워지는 것이 느껴졌었다.

9

싱가포르에서

싱가포르에서 2년 정도 생활하면서 영어를 즐겼었다.

영어를 초등학교 5학년 때 접한 이후 중·고등학교에서의 의무학습 그리고 대학에서 스스로 학습 그리고 직장생활이 시작되면서 영어를 사용하는 기회가 사라졌다고 여겼었는데 드디어 그동안 아기가 옹알이하듯 익혀온 영어를 실제로 사용하는 사람들과 함께 듣고 말하면서 써먹게 된 것이었다.

중국 전문 언론인이 되고 싶어서 우리나라가 중국과 수교되기 이전에 싱가포르국립대학교에서 중국어를 배우기 위해 싱가포르에서 유학생활을 했다. 싱가포르는 여러 민족이 어울려 사는 나라로서 영어를 공용어로 정했기 때문에 대부분의 싱가포르 사람들은 영어를 포함한 2가지 이상의 언어를 사용하면서 생활하고 있었다. 그래서 중국어를 배울 때도 영어로 익혔는데 학교에서 중국어를 배우는 즐거움도 있었지만 싱가포르 어디에서나 영어를 듣고 말할 수 있는 것에 너무 만족했었다.

나는 그렇게 생활하는 것이 너무 좋았고 2년의 유학 기간 동안 단 1초라도 헛되이 보내고 싶지 않아서 TV와 라디오를 밤새도록 시청취하는 것을 비롯하여 싱가포르라는 나라 전역을 돌아다녔다. 그렇게 하기 위해 유명 관광 섬인 센토사 앞에 위치한 '월드 트레이드센터'를 매일 방문하여 각종 전시 제품들에 관심을 보이면서 질문하거나 설명을 듣기도 했고 싱가포르의 중심지인 '오차드로드'에 있는 쇼핑센터들을 방문하며 역시 제품에 관해 판매원들과 얘기도 나눴었다. 그런데 영어를 사용하는 데 가장 흥미로웠던 곳은 어떤 빌딩들 입구에서 세일즈맨들이 새로운 제품들을 알리기 위해 판촉행사를 펼칠 때였다. 그곳에서는 세일즈맨이 제품을 홍보하기 위해 판촉물품도 나눠주면서 설명에 열을 올리는데 제품에 대하여 질문하는 사람들도 많아서 그들의 대화를 듣다 보면 시간 가는 줄 모를 지경이었다. 그리고 일요일에 교회에 가면 예배가 끝난 뒤 교회의 젊은 선생님들이 어린이들을 예배당에서 모아놓고 퀴즈를 내곤 했다. 그러면서 퀴즈를 맞힌 어린이들에게 선물을 나눠주었는데 그때 퀴즈에 참가한 어린이들이 영어로 답변하며 대화하는 것을 들으면 마치 동요를 듣는 것 같았고 머리를 지나 가슴까지 뻥 뚫리는 것 같은 기분이 들곤 했었다.

그것이 내 인생에서 지금까지 살아오면서 영어를 장기적으로 듣고 말해왔던 마지막 순간이었다. 어쩌면 나는 그 순간을 위해 그렇게 긴 시간을 영어 습득의 시간으로 보냈나 보다고 한때 생각했었다.

10

무역에 사용

　중국 전문 언론인이 되기 위해 중국에 가려던 것이 잘못되어 공연히 방송사만 사직하고 다른 직업을 구해야만 했었다. 하지만 아는 것이라곤 방송 제작인데 제작자의 일은 하고 싶지 않았기 때문에 다른 일을 찾았다.

　해외에서 제품을 수입하여 국내에 판매하겠다는 회사에서 무역 일을 할 사람을 뽑는다고 하여 그 회사에 취업했다. 그러면서 미국과 대만, 홍콩, 일본 등에 소재한 기업들의 제품을 알아보기 위해 그들과 전화와 팩스로 소통하면서 무역 업무를 보았다.

　무역에 관해 일하는 것은 참 재미있었다. 제품의 공급처가 외국이기 때문에 제품을 수입할 경우 제품의 내용과 지불조건, 관세, 운송 등 모든 것에 대하여 사전에 확인하고 결정해야 하는 과정이 필요했다. 그리고 거래자 간의 대금 수수방법이 국제적 관행에 따라 일반적으로 은행을 통하기 때문에 그런 제반업무를 보는 것도 재미있었다.

　그런 일들을 처리하기 위해 먼저 상품을 알아내는 일을 해야 했고 그다음에 제품을 생산하는 회사와 접촉을 하는데 공용어가 영어이기에 상대방과 영어로 소통하며 모든 일을 처리했다. 그런데 경우에 따라서는 제품을 생산하는 외국의 기업체에 직접 방문하여 생산라인을 확인하며 서로 간의 관계를 더 강화할 필요도 있었다.

그러나 나의 경우, 그런 일이 방송사를 떠난 뒤 첫 직장에서 한 번에 이뤄진 것이 아니라 몇 개의 직장을 옮겨 다닌 끝에 이루어졌다. 국내 판매를 할 경우 소위 대박이 될 수 있을 외국 제품을 알아내어 상대 기업의 담당자와 전화 통화로만도 좋은 가격을 이끌어내는 등 서로 몹시 우호적인 관계까지 만들어놓았었다. 하지만 내가 속했던 회사가 문을 닫는 바람에 그 회사의 제품을 수입할 수 없게 되어 상대 회사 담당직원에게 죄를 진 것 같은 마음마저 들었었다.

사실 국제무역도 동네 마트에서 물건을 구입하는 것처럼 간단하게 여길 수도 있다. 동네 마트에서 물건을 구입할 경우 어떤 누구도 대충 물건을 선택하는 경우는 없을 것이다. 이미 그 제품을 잘 알고 있어서 구입한다거나 우연히 시식을 해보거나 제품 설명을 듣고 금액이 적합하다면 구입할 것이다.

다만 국제무역은 거래를 위해 영어를 사용하는 것인데 처음으로 영어로 말하며 제품 수입을 할 수 있었기에 뿌듯했었다.

11

인생 이모작

10년 가까이 좌절을 반복하며 기초생활마저 무너지는 등 삶에 대한 절망이 찾아들자 창조주를 원망했다.

"내 능력으로 살도록 해주지 않는다면 데려가든지 그렇지 않으면 살 수 있도록 새로운 기회나 능력을 주어야 하지 않겠습니까? 도대체 어쩌란 말입니까?"

그럴 때쯤 우연히 고등학교 후배를 만나게 되었다. 그는 당시 외국어학원을 운영하고 있었는데 그의 제안에 따라 그의 외국어학원에서 나만의 방식으로 영어를 가르치기로 했다. 그리하여 학생 모집을 알리는 전단지를 만들어 동네 전역에 붙였다. 그러자 다음 날 그 전단지를 보고 수학을 가르치겠다며 당시 충남 공주의 어느 고등학교를 휴직하고 있다는 수학선생님이 찾아와 나에게 제안했다.

"선생님, 제가 수학교육에 자신 있는데 저와 함께 밖에서 '영‧수 과외'를 차리시죠?"

나는 그의 말에 관심을 갖고 그와 밖에서 만나 자세히 의논했다. 그렇게 하여 그와 나는 후배의 외국어학원과 좀 떨어진 건물 4층에 '영·수 전문 과외'를 차려 도배를 한 뒤 집기를 사들였다. 그리고 시간을 헛되게 보내지 않으려고 그날 밤에 작은 전단지를 직접 만들어 인근 아파트 집집마다 문손잡이에 투명테이프로 붙였다.

그러자 놀랍게도 약 두 달 이내에 찾아온 학생들이 26명이었다. 희열을 느끼지 않을 수 없었다. 우리는 최선을 다했다. 당시에 난 외부 학원의 요청을 받아 그곳에서 강의를 할 정도까지 되었다.

그리고 몇 달이 지났을 때, 수학선생님이 사고를 쳤다. 그는 일주일에 두 번 배우는 학생들에게 실력이 부족하다면서 수업료를 더 받고 매일 가르친다고 했다. 그러나 그가 그 약속을 지키지 않자 학부모들이 찾아와 그에게 항의했다. 그는 수업료를 모두 돌려주고 쫓겨나다시피 떠났다.

얼마 뒤 새롭게 이사할 일이 생겼다. 전국적으로 오피스텔을 빌려서 고액과외를 하는 사람들 때문에 과외가 사회문제가 되자, 정부에서는 이를 막기 위해 과외는 자신의 주민등록이 되어 있는 집이나 학생의 집에서만 교육청에 등록하여 할 수 있게 하였다. 그렇지 않으면 교습소나 학원으로 등록하여 운영하도록 법규가 바뀌었다. 그래서 나도 개업 2년 만에 새로운 장소로 이전하여 영어교습소로 등록했다.

세상이 다르게 보였다. 모든 것이 긍정적으로 보이기 시작했으며 특히 내 자신이 떳떳하게 느껴지기 시작했다. 영어교육도 탄력을 받아 혼자서 78명을 가르칠 정도까지 되었다.

다만 신용카드로 시작된 빚을 갚아가는 것이 심리적인 부담으로 남아 있었다. 학생들을 가르치기 시작하여 5년 정도 지날 때 우연히 '회생과 파산'에 대해 알게 되면서 변호사 사무실을 통해 빚 문제를 모두 해결했다.

과거 신용카드로 사용했던 금액을 갚지 못하게 되자 신용카드 회사가 나를 신용불량자로 등재시키면서 그들은 밤낮 시도 때도 없이 전화를 걸어와 괴롭혔었다. 사정을 하며 넘기기도 했었지만 금방 다른 사람이 전화해서 똑같은 말을 해댔다. 하지만 빚진 마음에 그것을 들어주자니 정신질환이 생길 정도였었다. 그런데 학생들에게 영어를 가르치면서 수입이 생겨 매달 조금씩 갚아나가자 독촉 전화도 없고 살 수 있는 지경이 되었었다.

누군가 이 세상에서 가장 기뻤을 때가 어느 때였냐고 묻는다면, 바로 빚의 고통으로부터 완전히 벗어났었던 그때였다고 말하고 싶다.

나는 그때 밝은 햇살을 온몸으로 받는 기분을 느꼈고 그 햇살이 나의 고개를 들게 하여 맑고 파란 하늘을 보게 했다. 그리고 곧장 온몸이 땅에서 벗어나 공중을 떠다니는 것 같았는데 그 순간 영어교육이 내 인생의 이모작이 되었음을 확신하며 자신감이 충천했다.

12

영어책 출간

학생들에게 영어가 소통을 위한 언어로 쓰이도록 만들어주기 위해 첫 단계로써 물어보는 방법을 배워 연습할 수 있도록 많은 예문이 담긴 책을 출간하기로 결정했다.

그래서 싱가포르에서 유학할 때 구입해두었던 두 권의 영어 관련 서적을 세밀하게 들여다보았다. 하나는 세상의 궁금한 내용을 재미있게 설명해주는 마치 백과사전과 같은 것이었고 다른 하나는 다민족이 모여 사는 싱가포르에서 국민들이 공용어인 영어를 배워 '하나의 국민, 하나의 나라(One people, one nation)'가 이루어지도록 국민이 영어를 쉽게 배울 수 있는 방법을 소개한 책이었다.

나는 두 권의 책에서 생활에 자주 쓰이는 단어들을 골라내어 문장을 만들었다. 그런 다음, 소개하려는 단어들을 알파벳에 따라 분류하여 각 문장으로 의문문을 만들 수 있게 하였으며 또한 그에 대한 답을 말할 수 있도록 하였다. 그리고 알파벳 사이마다 궁금한 과학이나 자연현상 그리고 동물과 식물 등에 관한 이야기들을 영어 원문대로 싣고 그에 대한 내용을 영어의 어순대로 해석하여 영어의 어순에 익숙해질 수 있도록 유도했다.

예를 들어,

'5월은 1년의 다섯 번째 달이다.(May is the fifth month of the year.)'라는 기본 문장을 만들어놓고 이를 '5월은 1년의 다섯 번째 달이니?(Is May the fifth month of the year?)'라는 의문문으로 사용하게 하여 '5월은 1년의 네 번째 달이 아니다.(May is not the fourth month of the year.)'라는 부정적인 대답을 하게 하면서 문장에 'is'와 같은 'be동사'가 사용될 경우 'be동사'만 문장 앞에 놓으면 묻는 말이 된다는 것과 그에 대한 부정 대답의 경우 'be동사'인 'is' 뒤에 'not'을 붙이면 된다고 설명했다.

이런 식으로 만들어진 책을 가지고 나의 설명과 더불어 다양한 단어들을 집어넣어 연습을 시켰더니 학생들이 흥미를 느끼면서 단어가 아니라 문장을 통째로 받아들이게 되는 것은 물론 의문문에 익숙해져서 다른 말들도 표현하고 싶어 했다.

당시에 이 책을 출간하려고 많은 출판사에 문의를 했었는데 인천일보에서 출간해주어서 그 책으로 많은 학생들이 영어를 익히는 데 큰 도움이 되었고 나는 영어책을 출간한 영어교육자로 위상을 높일 수 있게 되었다.

그것은 나에게 생전 처음 있었던 일로서 이 자리를 빌려 다시한번 인천일보사와 당시 관계자분들께 감사드린다.

Part
5

영어교육

1

싹이 트다

  방송을 떠난 뒤 10종류가 넘는 별의별 일자리를 옮겨 다니면서 그만큼의 좌절을 경험하며 10년을 채워갈 때쯤 외국어학원 원장이자 일본어를 직접 가르치는 고등학교 후배를 만나게 된 것이 영어교육에 들어서게 된 동기가 되었다.

  후배와의 인연은 인천시에서 2002년 한일월드컵을 위해 명예통역관을 모집할 때 내가 중국어에 응시하여 선발되면서 시작되었다. 후배는 그 당시 그 시험의 일본어 감독관이었는데 나와 알고 지내던 전직 고등학교 영어교사 출신인 사람이 일본어 통역관이 되어 교육을 받으면서 그를 나에게 소개했다.

  명예통역관 교육을 받을 당시 나는 의자제조회사에 다녔었는데 얼마 후 그 회사가 문을 닫게 되어 그 후배 학원에서 고객이 의뢰한 영어로 된 외국학교 모집 요강책자 등을 번역해주곤 했었다. 그러면서 그곳에서 싱가포르에서 유학했을 때 사두었던 영어교육에 관한 책으로 영어를 가르칠 계획을 갖고 전단지를 만들어 그 학원 주변에 뿌렸었다.

그랬더니 충남 공주의 어느 고등학교 수학선생이라는 사람이 찾아와 그 학원에서 수학을 가르치고 싶다고 했다. 그는 당시 개인 사정으로 학교를 휴직하고 가족이 모두 인천에서 생활하게 되었다며 수학교육 일자리가 필요하다고 했다. 그래서 일반 입시학원에서 수학강사로 일하려고 했으나 모두 거절하여 외국어학원에까지 왔다고 했다.

그런데 후배인 원장도 외국어학원에서 수학을 가르치는 것은 불법이라며 받아들일 수 없다고 하자 그 사람은 무척 딱한 표정을 지었다. 그래서 내가 그를 위로하며 그동안 내가 겪었던 어려움과 함께 학생들을 모집하는 전단지를 붙이게 된 사연 등을 말해주자 그 사람은 우리나라 중·고등학교의 영어와 수학에 대한 교육 상황 등을 말해준 뒤 떠나갔다.

그리고 며칠 뒤 다시 나를 찾아온 그는 자신과 함께 다른 곳에서 영어 수학 전문 과외교습소를 차리자고 제의했다. 그가 처음 후배의 외국어학원에 찾아와서 만났을 때 영어와 수학의 교육이 한 장소에서 이뤄지는 것이 학생들을 모집하고 교육하는 데 훨씬 더 효과적이라는 말을 남겼었기에 나는 그것에 대하여 많은 생각을 했었다. 그리고 그의 말에 공감하며 그의 제안을 받아들이면서 그와 함께 인근에 사무실을 얻어 영어교습을 시작했다.

결국 아버지께서 나에게 뿌리셨던 영어라는 씨앗은 내가 오랜 시간을 보내며 온갖 경험을 가진 뒤에야 비로소 영어교육자로서의 싹으로 텄던 것이었다.

2

배웠던 경험대로

영어교육의 방법으로 내가 이전에 배웠었던 경험을 적용하고 싶었다. 영어라는 것이 무엇인지도 모르는 상황에서 나에게 다가 왔었던 것은 영어 알파벳들과 단어들 그리고 그 단어들이 사용 되었던 명령어들이었다. 그러면서 동사들이 중요하다는 것을 스스로 깨달으며 문장으로 발전시키고픈 호기심이 발동하면서 영작에 재미를 느꼈었다.

그런데 그렇게 흥미를 느끼며 익혔더라도 소통을 위한 기회가 없어서 활용되지 않는다면 영어 자체를 배운다는 것이 소용없는 것이라고 느꼈다. 그래서 그동안 배워왔고 알게 된 것이 아깝기도 하여 언젠간 영어를 소통하는 도구로 사용할 날이 있을 것이라는 것에 희망을 걸고 혼자서 대화하듯 묻고 대답하는 방식으로 영어를 익혔다. 그 방법이 바로 영작인데 그러다 보니 영어로 물어보는 방법에 익숙해지게 되었다.

그리하여 그런 방식으로 혼자서 익힌 영어의 많은 단어들과 문장들을 실제로 영어를 사용하는 사람들을 만났을 때 구사하며 소통할 수 있었다. 그리고 확실한 것은 영어의 의문문 사용에 익숙해지면 한동안 영어를 사용하지 않더라도 영어가 잊히지 않는다는 것도 경험했다.

그래서 그런 방법으로 수업을 하기 위해 그런 교재가 필요해서 시중의 많은 영어책들을 읽어보았다. 그러나 그런 책은 출판되어 있지 않았으며 대부분의 책들이 그림과 함께 단어를 설명하거나 동화 속 이야기들을 소재로 영어에 흥미를 주기 위한 내용들의 책들이 주를 이루고 있었다.

그래서 직접 내가 원하는 방식으로 가르칠 수 있는 책을 만들겠다는 마음으로 글을 썼다. 그리고 다행스럽게 인천일보사에서 출판을 해주어 그 책에 담긴 방식의 영어교육방법으로 초등학교 학생들과 중학교 학생들을 가르쳤다.

그 책을 통한 교육 방법은 많은 효과를 거두었다. 우선 학생들이 지루해하지 않는 가운데 시간이 어떻게 갔는지 모를 만큼 흥미롭게 수업 시간을 보낼 수 있었다. 그러면서 영어의 의문문을 사용하는 방식에 익숙해지게 되자 새로운 어휘들을 익히는 것이 더 쉬워졌으며 어휘를 문장과 어울리게 사용하려는 의식이 작용하면서 영어가 쉽게 들어오고 잘 망각되지도 않는다고 학생들이 말해주었다. 그리고 세월이 흘러 학생들이 상급학교에 진학하면서도 영어를 꾸준히 공부했는데 나중에 성인이 돼서 만났을 때 하는 말이 영작과 의문문 수업을 제대로 받은 것이 큰 도움이 됐다고 했다. 그리고 내가 무엇보다 흐뭇한 것은 그들이 영어를 사용하고 있다는 것이다.

3

교육 목표

　내가 영어교육의 목표로 삼은 것은 학생들이 일상에서 영어 사용자를 만났을 때 영어 소통에 어려움이 없게 만들어주는 것이었다. 그런데 그와 같은 목표는 대부분의 학교와 사교육에서도 하는 말이었지만 그들이 했던 말만큼 학생들의 영어 구사능력은 그 정도로 이뤄지지 않았다.

　나를 비롯한 우리나라 대부분의 사람들도 역시 학창 시절에 학교에서 일반적인 영어교육을 받았지만 영어로 소통할 수 있는 능력과 기회를 얻은 사람들은 그리 많지 않았다. 그런 이유는 중·고등학교와 사회의 영어교육 목표가 주로 좋은 시험 성적의 결과를 얻는 것에 있고 사회 대부분의 분야에서 영어 사용이 그다지 필요치 않으며 영어를 사용한다고 더 좋은 대우를 받는 사회적 상황이 아니었기 때문이라고 나는 생각했다.

　그런 것을 보았을 때 우리나라 초·중·고등학교 전체 학생들을 대상으로 항상 영어교육이 영어를 소통의 언어로 사용될 수 있도록 교육한다는 것은 어려울 것이라고 보았다. 그렇기에 우선 초등학생들만이라도 영어를 소통의 언어로 사용할 수 있도록 교육한다는 계획을 가졌다.

초등학생의 경우 아직은 영어 시험의 결과에 따라 진학 등을 위한 부담이 크지 않고 구체적으로 압박하는 교육 환경이 아니기 때문에 초등학교 때 영어를 소통의 언어로 사용할 수 있는 기본 개념을 형성시켜 주면 이후에 스스로 익혀갈 수 있을 것이라고 생각했다.

그것을 위해 초등학생들이 영어를 문장으로 이해하는 습관을 갖도록 했다. 그래서 새로운 단어를 암기하려고 할 때는 그 단어가 어떤 말을 하는 데 사용되는지를 먼저 알 수 있도록 해주었다. 그런 다음, 문장을 만드는 것에 역점을 두게 했는데 주로 의문문을 만들고 답하게 했다.

의사소통의 시작은 물어보는 데서 오는 것이며 묻기를 잘 해야 대답도 잘 할 수 있다. 그리고 혹시 영어 배우기를 일시적으로 중단했다가 언젠가 다시 시작할 경우를 위해서라도 물어보는 방법을 알고 있다면 다시 시작하는 데 그다지 어렵지 않을 것이기 때문이다.

의문문을 만들어 사용하는 것은 꺼지지 않는 영어의 불씨와 같은 것으로서 그 불씨만큼은 모든 학생들에게 꼭 만들어주고 싶다. 결국 나의 영어교육 목표는 영어를 소통에 사용할 수 있도록 해주는 것이다.

4

천천히 꾸준하게

언어란 근본적으로 여러 사람들과 각종 생활을 하면서 익히는 것이다. 언어란 사람 사이에 소통을 위한 수단이 되는 것이기 때문에 어떤 말이더라도 사용되면 익히게 마련이다. 그래서 유럽의 여러 나라들은 서로 인접해 있으면서 각국의 언어들을 접할 수 있기 때문에 유럽인들은 여러 언어를 사용할 수 있다고 한다. 이는 마치 우리나라 어떤 지역의 사람들이 여러 개의 사투리를 사용하는 것과 비슷한 원리이다.

그러나 우리나라에서는 영어가 학교의 주요 과목이 되었고 진학과 취업을 위한 각종 시험에 사용될 만큼 강하게 공부될지라도 우리 생활에서 사용되지 않기 때문에 잘 익히지 못해 힘들어하며 그나마 익혔던 것도 망각되어 머릿속에 유지하기도 어려울 지경이다.

대한민국 국민으로서 대한민국에서 학교생활을 했던 사람이라면 누구라도 한 번쯤 영어에 대하여 생각해본 것이 있다면 아마도 힘들이지 않고 영어를 머리에 담을 수 있는 방법을 찾는 것이었을 것이다.

영어 습득이 쉽고 재미있게 되는 방법이 정말로 없을까?

내 경험으로, 영어의 어휘는 한없이 많아도 그 어휘들을 표현하는 규칙은 한정적이었기에 그 규칙을 먼저 이해한 뒤 각종 어휘들을 담아 익혔던 것이 쉬웠다. 다시 말해서 영어는 규칙 위주이기 때문에 그런 규칙을 익히는 것이 우선이 된다면 어휘 습득이 훨씬 더 쉬워진다.

그런데 꼭 명심해야 할 것은 언어습득이란 본래 생활환경 속에서 이루어지고 확장되는 것이기에 비록 영어를 사용하는 환경에서 익힐 수 없더라도 자신이 그런 환경에 있는 것처럼 그렇게 말을 만들어 혼자서라도 꾸준히 표현해야만 한다.

물론 시험을 코앞에 두고 있다든지 빠른 성과를 올리기 위해 많은 양의 단어만을 서둘러 익혀야 할 필요가 있을 수도 있다. 그렇지만 그렇게 했어도 의사소통이 되지 않는 것을 이미 경험했을 것이다. 말이란 단어들만을 알고 있다고 이뤄지는 것이 아니다. 특히 단어들을 문장이라는 틀 속에 담아 사용해본 경험이 없으면 쉽게 망각되기 마련이다. 그래서 나중에 또 시험을 본다든지 영어를 사용해야 하는 경우가 생길 때는 영어를 공부로써 다시 시작해야만 하는 과정을 똑같이 겪게 된다.

그러니 급히 시험만을 위해 영어를 어휘 위주로 익혔을지라도 그 어휘들을 영어의 규칙에 담아 여러 가지 말로써 꾸준히 하게 되면 영어가 의사소통을 위한 언어로 남게 될 것이다.

5

흥미와 자신감

사람이 일을 하는 데 있어서 가장 좋은 결과를 만들어내려면 그 일에 대한 흥미와 자신감이 있어야 한다고 많은 사람들이 말해오고 있는데 나도 그런 경우들을 많이 경험했다.

그렇기에 영어 수업도 역시 그 말처럼 나의 학생들이 흥미와 자신감을 가질 수 있도록 수업 내용을 그렇게 맞추려고 많은 방법을 생각했었다. 그런 가운데 가장 좋았던 것은 학생들이 하고 싶은 표현을 영어로 할 수 있도록 만들어주는 것이었다. 말이란 본래 주변인이나 환경으로부터 습득되는 것처럼 내 자신이 그런 역할을 했다.

학생들마다 일일이 영작을 할 수 있도록 이유를 설명하며 도와주는 방식의 수업을 대부분의 학생들이 좋아했으며 그렇게 영어를 익혔던 학생들은 영어에 흥미와 자신감을 가졌으며 영어 능력 또한 지속적으로 발전시켜 갔다.

그런데 그런 영작도 그냥 아무 단어를 이용해서 하는 것이 아니라 기본적인 교재로 읽는 것과 쓰는 것 등을 함께 하면서 그 내용 가운데 새로운 단어를 이용해서 하는 것이었다. 그러다 보니 교재의 선택이 중요했다. 이는 마치 누구라도 재미있는 사람 옆에 붙어 있기를 원하는 것과 같은 것으로서 교재가 재미없거나 싫어지면 그만큼 영어와 어울리는 것도 쉽지 않을 수 있기 때문이었다. 시중에는 많은 영어교재들이 있다. 나는 여러 교재들을 다뤄본 결과 학생들이 좋아하는 것은 영어명작소설을 읽으며 익히는 것이라는 것을 알게 되었다. 그래서 유명 출판사가 20년 정도 출판해온 명작소설을 교재로 사용했다. 학생들은 특히 자신이 읽었거나 알고 있는 내용의 소설을 좋아하는데 그런 교재는 영어를 받아들이는 마음으로 바로 이어졌다.

우리나라 학교 영어교육에서는 나름대로 각 학년별로 수준을 정한 어휘들을 제시하는데 사실 고등학생용 어휘라는 것도 영어권에서는 실생활에서 보편적으로 사용되기도 한다. 그렇기에 그런 어휘들도 소설에는 담겨 있을 수 있기에 쉽게 사용하며 익힐 수 있게 된다. 특히 소설 속 문장에서는 실용적인 영문법이 많이 쓰이는데 영어 초보자들에게도 그런 영문법에 대한 쓰임을 잘 이해시키기만 하면 그런 것들을 잘 사용하여 영작하면서 자신감을 나타내기도 했다.

그렇게 영작을 하며 영어를 익혔던 학생들은 비록 중·고등학생이 되어 학교 영어시험이나 대입수능 또는 학교 내신 성적을 위한 모의고사 문제들을 풀더라도 독해에 사용되는 영문법에 자신감이 있어서 항상 좋은 결과를 만들어냈다.

6
영작 기법

"나는 나의 엄마가 나를 위해 만들어준 빵을 너랑 먹으려고 가지고 왔다."

위와 같은 우리말을 영어로 바꾸는 것이 영작이다.

우리말을 영작하려면 우선 우리말에 사용된 각각의 단어에 맞는 영어단어를 알아야만 한다. 그런 다음 그 영어단어들을 영어의 어순에 맞게 배열해야만 하는데 그때 알고 있어야 하는 것이 영문법이다.

영어의 어순에 따라 위 문장에서는 먼저 주어가 나온다.

그래서 "나는(I)"인데 영어는 앞 단어의 꼬리를 물어 말이 되도록 이어가기 때문에 다음에 이어지는 말은 "가지고 왔다 (brought - bring의 과거)"라는 동사가 되어 "나는 가지고 왔다.(I brought.)"라는 말이 된다.

그 말 다음엔 무엇을 가지고 왔냐는 말이 이어져 "빵을 (bread)"이 되어 "나는 빵을 가지고 왔다.(I brought bread.)"라는 말이 된다.

그런 다음 "무슨 빵을"이라는 말로 이어지며 "나의 엄마가 만들어준(my mother made)"이라는 말이 이어지며 "나는 나의 엄마가 만들어준 빵을 가져왔다.(I brought bread that my mother made.)"가 된다.

다음으로 "나를 위해(for me)"가 이어져 "나는 나의 엄마가 나를 위해 만들어준 빵을 가져왔다.(I brought bread that my mother made for me.)"가 된다.

이어서 "먹으려고(to eat)"가 이어져 "나는 나의 엄마가 나를 위해 만들어준 빵을 먹으려고 가져왔다.(I brought bread that my mother made for me to eat.)"

끝으로 "너랑(with you)"이 이어져 "나는 나의 엄마가 나를 위해 만들어준 빵을 너랑 먹으려고 가져왔다.(I brought bread that my mother made for me to eat with you.)"가 된다.

이렇게 영어의 어순은 앞 단어와 뒤 단어가 서로 필요로 하는 관계로 꼬리를 물 듯 이뤄져 있기 때문에 뒷부분이 떨어져 나가더라도 앞부분만으로도 의미가 담긴 표현이 될 수 있다.

한편 이런 방식으로 영작을 하면서 쉽게 설명하고 이해시킬 수 있는 것이 '관계대명사'와 '부정사'이다. 이런 식으로 영어를 익히게 되면 영문법에 대한 이해가 훨씬 더 쉬울 것이며 내가 하고 싶은 말을 영어로 하려는 의욕이 생기면서 영어 능력의 발전도 더 커질 것이다.

그래서 나는 영어수업방식을 영작 위주로 하자고 제안한다.

난 영어를 배우기 위해서 학교에서 영어교과서를 위주로 공부했는데 영어로 되어 있는 문장들을 우리말로 해석하며 단어와 영문법을 익혔다. 그러면서 그렇게 배운 영어단어들을 영문법에 맞추어 말하거나 들으면서 소통했다.

그리고 그런 방식의 문단이나 문장에 대해 제시된 문제를 시험으로 보았다. 즉 지문을 해석하여 답을 구하는 방식의 시험으로 평가받으며 상급학교에 진학하거나 취업도 했다.

이런 것들을 모두 영작을 위한 방식으로 바꾸는 것이다.

학교마다 한 반의 학생들도 20명 정도가 되었으니 선생님이 학생들을 일일이 살펴줄 수도 있고 그동안 유학 경험을 가졌던 영어선생님들도 많아져서 수업 진행도 어려움이 없을 것 같다.

영어교과서는 지금과 같은 형식의 교과서를 그대로 사용하더라도 수업과 시험방식을 영작 위주로 바꾼다면 영어 능력이 지금보다는 훨씬 나아질 것으로 확신한다.

7
의문과 부정

묻는다는 것은 궁금함을 해결하기 위한 것인데 그로 인해 대화도 시작된다. 그렇기 때문에 영어를 소통의 언어로 사용하려고 한다면 무엇보다도 우선 묻는 방법을 알아야 할 것이다.

그런데 영어로 묻기 위해서는 우리말처럼 문장의 끝에 의문을 나타내는 어휘를 붙이는 것이 아니라 단어 배열을 달리하거나 의문사를 문장 앞에 놓는 등 구조적으로 우리말과 다르다.

영어로 묻는 방법의 기본인 4가지를 우리말을 이용하여 알아보는데 이것이 기본영어의 첫 단계다.

평서문을 의문문으로 바꿔놓았다.

1. '이것은 맛있다.' → '이것은 맛있니?'
2. '너는 친구가 필요하다.' → '너는 친구가 필요하니?'
3. '그들은 이따가 올 거다.' → '그들은 이따가 올 거니?'
4. '제니는 제과점에서 빵을 산다.' → '제니는 어디서 빵을 사니?'

우리말은 각 문장의 끝에 쓰이는 동사들을 바꾸면 묻는 말이 된다. '맛있다 → 맛있니?', '필요하다 → 필요하니?', '올 것이다 → 올 것이니?', '빵을 사다 → 무엇을 사니?'

그런데 영어는 주어와 동사의 위치를 바꿔주든지 묻는다는 것을 나타내는 새로운 단어 또는 의문사를 문장 앞에 놓는 신호적인 언어다.

1. 'This is delicious. → Is this delicious?'
   'be동사'가 사용되는 문장에서는 'be동사'를 주어 앞에 놓으면 의문문이 된다.
2. 'You need a friend. → Do you need a friend?'
   '일반 동사'가 사용되는 문장에서는 'do'를 주어 앞에 놓으면 의문문이 된다.
3. 'They will come later. → Will they come later?'
   '조동사'가 사용되는 문장에서는 '조동사'를 주어 앞에 놓으면 의문문이 된다.
4. 'Jenny buys bread at the bakery. → What does Jenny buy at the bakery?'

'의문사'는 '언제, 어디서, 누가, 무엇을, 어떻게, 왜'와 같은 것으로서 바로 그것을 몰라서 묻는 것인데 기존의 의문문 앞에 알고 싶은 '언제(When), 어디서(Where), 누가(Who), 무엇을 (What), 어떻게(How), 왜(Why)' 등을 놓으면서 묻게 된다.

묻는 말을 만드는 방법은 동사의 종류에 따라 다르다.

영어의 동사는 평서문에서 주어 뒤에 놓이는데 종류로는 'be

동사'와 '조동사', '일반 동사'가 있다.

'be동사'는 'am과 are, is'가 있는데 '~이다'와 '있다', '되다'의 뜻을 가지고 있다.

예문: '그는 치과의사다. → He is a dentist.'

'조동사'는 '~일 것이다(will)'와 '~할 수 있다(can)', '~해야만 한다(must)' 등 다수가 있으며 '~' 자리에 '동사'를 넣어 동사의 의미를 돕는다.

예문: '나는 야구를 할 수 있다. → I can play baseball.'

그리고 '일반 동사'는 be동사와 조동사를 제외한 대부분의 동작과 상태를 나타내는 동사다.

예문: '우리는 책을 읽는다. → We read books.'

한편 부정하는 말의 경우도 묻는 말처럼 동사에 달려 있는데 'be동사'와 '조동사'가 사용되는 문장에서는 그 뒤에 부정의 의미인 'not'을 놓으면 되고 '일반 동사'가 사용되는 문장은 의문문의 경우처럼 'do'를 'not'과 붙여서 '일반 동사' 앞에 놓는다.

'이것은 맛있다. → This is delicious.'

'이것은 맛없다. → This is not delicious.'

'너는 친구가 필요하다. → You need a friend.'

'너는 친구가 필요 없다. → You don't need a friend.'

'그들은 이따가 올 거야. → They will come later.'

'그들은 이따가 안 올 거야. → They will not come later.'

한편, 영어에는 상태를 나타내는 동사가 대부분 없으며 상태를 나타내는 형용사 앞에 'be동사'만 놓으면 '상태를 나타내는 동사'가 된다. '배고픈(hungry) → 배고프다(be hungry)'

예문: '나는 배고프다. → I am hungry.'

영어는 '동사'에 의해 결정되는 부분이 많기 때문에 '동사'를 많이 그리고 잘 알아야 하는 것이 매우 중요하다.

8

학교교육

우리나라 학교에서의 영어교육이 거의 의무교육이 되다시피 했지만 그에 대한 결과는 바라는 것만큼 나오지 않고 있다.

그 이유는 우리 사회의 언어가 영어가 아니기 때문에 학교에서 아무리 잘 배웠다고 해도 사용되지 않으니 망각되는 것이다.

그런데도 국민이 영어교육에 집중하는 것은 사회적 상황과 관계있는데 그것은 진학과 취업 때문이다. 대학 진학에 영어가 차지하는 비중이 크고 기업에서 영어시험 성적을 바탕으로 직원을 채용하면서 영어가 사교육과 조기교육을 불렀고 마침내 초등학교에서도 공교육이 되었다.

어린이부터 성인까지 시험에서 높은 성적을 받기 위해 나선 대한민국의 영어교육.

결국 토익이라는 미국에서 외국인의 영어 능력을 측정하기 위해 개발한 시험마저 도입되어 그것을 위해 공부하는 것이 우리나라 영어교육의 피날레가 되고 있다.

그런데 그렇게 초등학교에서부터 대학을 졸업한 이후까지 투

자하여 좋은 시험 성적을 받아 원하는 직업을 얻었건만 그 이후 영어 활용의 기회는 많지 않다.

우리는 영어교육에 무척 심오한 경험을 해왔다. 영어교육에 그렇게 많이 투자할 필요가 없다는 것이 그런 경험을 통해 입증되고 있어도 변하는 게 없다.

우리나라의 영어교육량도 바뀌어야 한다.

우리가 모두 법을 공부하지 않아도 법은 법조인에 의해 다뤄지며 우리는 그저 법을 잘 지키면서 살아가기만 하면 된다.

자동차는 정비를 배운 사람들에 의해 점검과 정비가 이뤄지고 우리는 운전만 잘 하며 자동차를 사용하면 된다.

음악과 미술, 체육 등은 오감을 느끼는 모든 사람들이 접하는 분야이지만 각 분야마다 전문가들에 의해 창출되어 세상 사람들이 함께 즐기고 있다.

영어도 그 정도만 알면 되는 것이고 다만 영어를 깊이 사용해야 할 사람들만이 영어에 매달리면 된다.

세상에 존재하는 중국어나 프랑스, 베트남어 등 각 언어와 관련된 일에 종사하는 사람들이 그렇게 하는 것처럼 영어도 우리 생활의 둘레 언어와 같은 것이다.

세상의 모든 분야는 세분화되기까지 하여 이미 우리 손에 이어져 직업이 되었으며 학교에서도 교육되고 있다. 이젠 학교와 사회가 영어교육에 집중하기보다는 직업적 재능과 관련된 과목을 직접 공부할 수 있도록 해주는 것이 더 낫다고 생각한다.

그리하여 전국의 학교를 하나로 묶어 어떤 지역의 학교에서라도 등록만 하면 어떤 과목이라도 온라인을 통해 배울 수 있도록 해주어야 한다. 그리고 해당 과목에 대하여 선생님들이 시차를 두고 각 학교에 방문하여 주기적으로 교육도 병행하는 것이다. 그래서 학생마다 선택한 과목이 사회의 직업으로 다양하게 연결될 수 있도록 해주어야 한다. 그런데 우연히 코로나 바이러스라는 것이 유행되면서 전국의 학교가 온라인교육을 하게 되어 온라인으로 가르치고 배우는 것이 가능하다는 것이 입증되었다.

지금까지 학교에서 모든 학생들을 대상으로 몇 과목을 주요 과목이라며 집중 교육시켰던 것을 이제는 각각의 학생이 중심이 되어 학생이 필요로 하는 과목이 주요 과목이 되게 하여 그것이 각자의 재능으로 발전되어 세상을 살아가는 직업이 될 수 있도록 해주어야 한다.

아울러 세상이 다양화 및 전문화되면서 사람들 간에 더욱더 필요한 것은 자원봉사활동일 것이다. 사람이 서로 도우며 살아야 하는 것은 가장 기본적인 삶의 행위다. 그래서 그것이 학교에서의 교육과목이 되고 대학의 학과가 되어 그 과목을 이수했거나 그 과를 졸업한 사람들이 국민을 위해 봉사하는 공무원을 비롯한 일반기업에까지 퍼져나갈 수 있어야 더욱더 바람직한 세상이 될 것 같다.

다시 현실적인 얘기를 하자!

'로마에 가면 로마법을 따라야 한다'는 말이 있듯이 어쨌든 현재 우리나라 고등학교에서는 영어를 글의 해석 위주로 가르치다 보니 상당한 어휘력과 영문법을 갖춰야 시험이라는 경쟁에서 앞서게끔 되어 있다. 그러니 그것을 따르지 않을 수도 없는 것이고 도대체 어떻게 공부해야 효율적이 될 수 있을까?

본인이 터득하여 영어를 익힌 것과 영어를 교육하는 방법으로 볼 때, 먼저 모의고사 문제를 해석판과 함께 읽어가며 잘 이해될 수 있도록 자신의 편리에 따라 해석된 문장을 자르거나 변형시키면서 몰랐던 단어는 번역판 한글에 표시해둔다. 그런 다음 번역판을 보고 영작을 하다 보면 단어와 영문법이 훨씬 더 쉽게 익히게 된다.

그런 방식으로 고등학교 1학년부터 고등학교 3학년까지의 수능문제 100개 정도를 시도해보라! 그러면 자신의 영어 능력이 확연히 변했다는 것을 직접 느끼게 될 것이다.

9
취업

우리나라 대학생들을 비롯한 대부분의 취업자들이 취업을 위해 보는 영어시험이라면 토익(TOEIC)을 떠올린다. 토익(Test of English for International Communication)이란 국제적 의사소통을 위해 미국의 교육 기관에서 외국인의 영어 능력을 측정하기 위해 개발한 시험으로써 그 내용은 일상생활이나 비즈니스에 중점을 두고 있다.

그런데 우리나라 공기업이나 일반기업에서 사원을 모집할 때 지원자들로부터 일정 점수 이상의 토익성적인증서를 원하기 때문에 지원자들이 토익에 응시한다. 물론 응시 이전에 높은 성적을 받기 위해 토익에 관한 문제들을 미리 공부하느라고 몹시 애쓰기도 한다.

그래서 시중에는 토익 전문가들과 학원 및 출판사 등이 토익에 관한 많은 책들을 수시로 출간하여 판매하고 있으며 토익문제를 다루는 학원들도 학생들을 환영하고 있다.

어쨌든 토익의 고득점 인증서가 취업의 요건이 되자 학창 시절에 영어에 어려움을 가졌던 사람들도 토익에 매달려 공부하면서 실력을 붙였든 요령을 익혔든 영어에 관심이 생긴 것과 함께 영어를 쉽게 느끼게 되는 것 같다.

그러면서 자신들의 고등학교 시절에 공부했던 영어 내용이 너무 빡셌다는 말과 함께 대학입학수학능력시험의 내용도 토익 수준이 되어야 한다고 주장하기도 했다.

그런데 실제로 내가 가르치는 고등학생들에게 토익문제를 풀어보라고 했더니 토익문제가 쉽다는 말들을 공통적으로 했으며 실제 사회에서 사용하는 실용어휘들을 좀 더 익힌 다음에 토익을 보면 높은 점수를 받을 수 있을 거라고도 말했다.

또한 토익에서 나오는 영문법이나 어휘들이 실용적인데 수능시험의 내용과 질도 토익처럼 된다면 영어가 지금보다는 좀 더 실용적으로 받아들여지고 사용되어 학교에서의 영어교육이 사회와 분리되는 것처럼 보이지 않을 것이라고도 했다.

이런 얘기들을 들어보니 우리나라의 영어교육은 정말로 낭비되는 것이 많고 국민들이 영어교육 때문에 고생이 너무 많은 것 같다. 고등학교 때 수능영어시험을 보기 위해 일상생활에서 사용되는 수준을 넘어서는 어휘까지 익혔다. 그때 그렇게 열심히 한 여세를 몰아 토익까지 본다면 아마 높은 성적의 토익인증서를 받게 될지도 모를 것이다.

하지만 그때 토익을 보아 좋은 성적을 올려보았자 제출할 곳이 없다. 그래서 하는 수 없이 취업할 나이에 다시 토익공부를 한 뒤 시험을 보게 된다. 사람의 머리는 망각이 있기 때문에 토익 성적에 대한 인증도 기한을 정했다고 한다. 그러니 토익 성적을 필요로 하는 곳에 취업하기를 원할 경우 그때 공부할 수밖에 없으며 그때 공부하는 것이 최고의 방법이 될 것이다.

그렇다면 토익은 어떻게 익히는 것이 도움이 될까?

토익의 지문은 생활에 사용되는 안내문과 같은 내용이다. 그렇기 때문에 그런 내용들을 모두 경험해보는 것이 절대로 필요하다. 그렇다고 두려워하지는 말라! 그 내용이 어렵지 않다. 우리나라에서의 생활과 비슷한 일들에 대한 내용으로서 다만 어휘들이 영어로 되어 있을 뿐이다. 어쩌면 그런 내용들을 익히면서 생활상식을 넓힐 수 있는 기회가 될 수도 있다.

다음으로 영문법적 내용이 담긴 생활 속 표현인데 간혹 동사의 과거 분사가 명사 뒤에 놓인 형용사로 사용되는 경우들이 많다. 우리나라 학교생활에서 접하지 않았던 것들도 있지만 생활 속에서 필요한 표현을 하기 위해 자주 사용되는 것으로서 상황을 반복해서 이해하면 생활적 표현을 알게 되는 것과 함께 오히려 더 잘 익혀지기도 한다.

토익은 우리나라 학생들이 진학을 위해 무한 경쟁을 목표로 삼듯 치르는 시험이 아니다. 또한 출제자들이 학생들의 변별력을 위해 난해하게 출제하는 시험도 아니다. 그저 외국인들이 일상생활에서 영어를 사용하는 데 있어서 기본적으로 이만큼은 갖추는 것이 생활에 도움이 된다는 취지로 마련한 극히 평범한 문제들로 이루어진 시험이다. 그렇기 때문에 영어권 사람들의 생활적 표현을 이해하면서 도전한다면 그야말로 모두에게 좋은 결과가 있을 것이다.

　내 이름은 성낙영이다. 한자로 쓰면 成樂英으로서 이룰 '성'에 즐거울 '락', 꽃부리 '영'이다. 비록 꽃부리 '영'인 '英' 자는 여자 이름에 많이 사용된다지만 남자인 나에게도 주어졌다.

　그런데 영어(英語)라는 단어에 꽃부리 '영'인 '英' 자가 쓰인다. 그래서 내 이름을 풀면 즐거운 영어를 이룬다는 의미가 된다.

　작명가도 내 사주를 보고 그렇게 지었다고 했으니 나의 운명은 영어를 즐겁게 이루며 사는 것인가 보다. 그래서 영어를 접하게 된 것과 배우는 것도 특이하고 즐거웠던 것 같다.

　게다가 영어를 즐겁게 배우는 것으로만 끝난 것이 아니라 영어를 가르치는 직업도 갖게 되었다. 사람들은 나를 즐거운 선생이라는 뜻인 '락선생'이라고 부르는데 듣기에 나쁘지 않다. 결국 나의 운명은 영어를 배워서 남에게 알려주는 것인데 영어를 배우는 사람들의 목적이 소통이 되었든 시험이 되었든 배우는 사람의 입장에서는 쉽고 즐겁게 배울 수 있도록 인내심을 바탕으로 가르치는 것이 내 이름에 담긴 운명이다.

심심하면 영작하라: 동사로 시작

문화센터와 평생교육센터에서 강의할 때 수강생들에게 제공했던 문장들이 있었다. 그것은 내가 영어를 익혔던 경험에 따른 영어 규칙을 정리한 것들인데 그 문장들에 영어 단어를 바꿔가며 수강생들이 연습하도록 하게 했었다. 그랬더니 영어가 흥미로우며 능력 또한 발전되었다는 말을 했다.

- 심심할 때 영작할 수 있는 자료 -

문장으로 전하는 메시지에서 동사는 동작과 상태를 결정짓는 단어다. 그러면서 동사는 과거와 현재 등의 시간도 담고 있는데 영어 문장에서는 이와 같은 동사의 형태에 따라 묻거나 부정하는 말의 방법이 정해진다.

또한 동사로부터 다양한 어휘가 파생되므로 동사에 집중하다 보면 '영어가 되더라.'라는 말도 나오는데 꾸준히 하다 보면 정말로 누구나 다 될 수 있다. 여기에다 지루하지 않고 재미를 느낄 수 있으니 심심하다면 영작을 해보라!

우리말로 **'만들다'**라는 동사를 이용해 어휘들을 만들었는데 다른 동사들도 이처럼 만들 수 있다.

"만들어라, 만들었다, 만들 것이다, 만들 것이었다, 만들어왔다, 만들어왔었다, 만들어놓을 것이다, 만들어놓을 것이었다, 만들고 있는 중이다, 만들고 있는 중이었다, 만들고 있는 중일 것이다, 만들고 있는 중일 것이었다, 만들어오는 중이다, 만들어오

는 중이었다, 만들어오는 중일 것이다, 만들어오는 중일 것이었
다, 만들어주다, 만들어주었다, 만들어줘 왔다, 만들어줘 왔었다,
만들어줄 것이다, 만들어줄 것이었다, 만들어주고 있는 중이다,
만들어주고 있는 중이었다, 만들어주고 있는 중일 것이다, 만들
어주고 있는 중일 것이었다, 만들어지다, 만들어졌다, 만들어질
것이다, 만들어질 것이었다, 만들어져 왔다, 만들어져 왔었다, 만
들어지고 있는 중이다, 만들어지고 있는 중이었다, 만들어지고
있는 중일 것이다, 만들어지고 있는 중일 것이었다, 만들 수 있
다, 만들 수 있었다, 만들 수 있어야 했다, 만들어야만 한다, 만들
어야만 했다, 만들어야만 했었다, 만들 것이어야 했다, 만드는 것
이 틀림없다, 만든 것이 틀림없었다, 만드는 것이 더 좋다, 만드
는 게 낫다, 만들어지는 게 낫다, 만드는 게 당연하다, 만들어지
는 게 당연하다, 만들지도 모른다, 만들지도 몰랐다, 만들고 싶
다, 만들곤 했다, 만드는 것, 만들고 있는 것, 만들어온 것, 만들
어지는 것, 만들어지고 있는 것, 만들어져 온 것, 만들기 위해, 만
들어지기 위해, 만들려고, 만들어지려고, 만든 것, 만들어진 것,
만들, 만들었던 것, 만든, 만들어서, 만들어진, 만들어놓은 채, 만
들면서, 만들어지면서, 만들어진 채" 등이 있다.

위 어휘들을 영어로 옮겼다.

"만들어라(make), 만들었다(made), 만들 것이다(will make, be
going to make), 만들 것이었다(would make, be동사의 과거
going to make), 만들어왔다(have made), 만들어왔었다(had
made), 만들어놓을 것이다(will have made), 만들어놓았을 것이
다(would have made), 만들고 있는 중이다(be making), 만들고

있는 중이었다(was making), 만들고 있는 중일 것이다(will be making), 만들고 있는 중일 것이었다(would be making), 만들어 오는 중이다(have been making), 만들어오는 중이었다(had been making), 만들어오는 중일 것이다(will have been making), 만들어오는 중일 것이었다(would have been making), 만들어주다 (make 사람 물건), 만들어주었다(made 사람 물건), 만들어줄 것이다(will make 사람 물건), 만들어줄 것이었다(would make 사람 물건), 만들어줘 왔다(have made 사람 물건), 만들어줘 왔었다(had made 사람 물건), 만들어주고 있는 중이다(be making 사람 물건), 만들어주고 있는 중이었다(was making 사람 물건), 만들어주고 있는 중일 것이다(will be making 사람 물건), 만들어주고 있는 중일 것이었다(would be making 사람 물건), 만들어지다(be made), 만들어졌다(was made), 만들어질 것이다(will be made), 만들어질 것이었다(would be made), 만들어져 왔다(have been made), 만들어져 왔었다(had been made), 만들어놓아질 것이다(will have been made), 만들어지고 있는 중이다(be being made), 만들어지고 있는 중이었다(was being made), 만들어지고 있는 중일 것이다(will be being made), 만들어지고 있는 중일 것이었다(would be being made), 만들 수 있다(can make), 만들 수 있었다(could make), 만들 수 있을 것이었다(could have made), 만들어야만 한다(have to make), 만들어야만 했다(had to make), 만들어야만 했었다(should have made), 만드는 것이 틀림없다(must make), 만든 것이 틀림없었다(must have made), 만드는 것이 더 좋다(had better make), 만드는 게 낫다(may as well make), 만들어지는 게 낫다(may as well be made), 만드는

게 당연하다(may well make), 만들어지는 게 당연하다(may well be made), 만들지도 모른다(may make), 만들지도 몰랐다(might make), 만들고 싶다(would like to make), 만들곤 했다(used to make), 만드는 것(to make), 만들고 있는 것(to be making), 만들어온 것(to have made), 만들어지는 것(to be made), 만들어지고 있는 것(to be being made), 만들어져 온 것(to have been made), 만들기 위해(to make), 만들어지기 위해(to be made), 만들려고 (to make), 만들어지려고(to be made), 만드는 것(making), 만들어진 것(being made), 만들(to make), 만들었던 것(having made), 만든(to make), 만들어서(to make), 만들어진(made), 만들어놓은 채(having made), 만들면서(making), 만들어지면서 (being made), 만들어진 채(made)"

위 어휘들이 들어가는 문장들을 만들었다.
Make an 'O' with your thumb and pointer finger.
(너의 엄지와 검지로 'O'를 **만들어라**.)
Let's **make** money.
(우리 돈 법시다.)
Please stop **making** me laugh.
(날 좀 그만 웃기세요.)
Sunny **makes** a paper plane on the bench.
(써니는 벤치에서 종이비행기를 **만든다**.)
Sunshine always **makes** me happy.
(햇빛은 항상 나를 행복하게 **만든다**.)
※ make 등의 동사 다음에 목적어+형용사가 놓임.

This company **doesn't make** furniture with trees.

(이 회사는 나무로 가구를 **만들지 않는다**.)

Doesn't mother **make** rice cakes in the kitchen?

(엄마는 부엌에서 떡을 **만들지 않니?**)

Do you **make** cakes for your daughter's birthday?

(넌 네 딸의 생일을 위해 케이크를 **만드니?**)

When **do** you **make** a Christmas card?

(넌 언제 크리스마스카드를 **만드니?**)

Where **does** Lucy **make** clothes?

(루시는 어디서 옷을 **만드니?**)

Who **makes** jewels to export to Europe?

(누가 보석을 유럽으로 수출하기 위해 **만드니?**)

What **do** they **make** in the room?

(그들은 방 안에서 무엇을 **만드니?**)

How **do** you **make** kites?

(너희는 어떻게 연을 **만드니?**)

Why **does** North Korea **make** nuclear weapons?

(왜 북한은 핵무기를 **만드니?**)

Why **don't** you **make** your child a bed?

(네가 네 아이에게 잠자리를 **만들어주는 것이** 어떠니?)

How about you **make** her doll?

(네가 그녀의 인형을 만드는 것이 어떠니?)

How come you **make** this in class?

(넌 어째서 이것을 수업 시간에 만드니?)

This robot **is made** by an expert in Korea.

(이 로봇은 한국에서 전문가에 의해 만들어진다.)

I **made** a New Year's card to send to my relative.

(난 연하장을 내 친척에게 보내려고 만들었다.)

They **didn't make** a window to make the attic dark.

(그들은 다락을 어둡게 하려고 창문을 만들지 않았다.)

Lisa **didn't make** her daughter a fool.

(리사는 그녀의 딸을 바보로 만들지 않았다.)

Didn't you **make** bread to eat?

(넌 빵을 먹으려고 만들지 않았니?)

Did you **make** a calendar at school?

(넌 학교에서 달력을 만들었니?)

When **did** you **make** the bell for a cat?

(넌 언제 고양이를 위해 방울을 만들었니?)

Where **did** your father **make** the sleigh?

(너의 아버지는 어디서 그 썰매를 만들었니?)

Who **made** you this box?

(누가 너에게 이 상자를 만들어주었니?)

Who **did** he **make** the earings for?

(그는 누구를 위해 귀걸이를 만들어주었니?)

What **did** you **make** for your girl friend?

(넌 너의 여자 친구를 위해 무엇을 만들었니?)

How **did** the cook **make** this food?

(그 요리사는 어떻게 이 요리를 만들었니?)

Why **did** they **make** it on purpose?

(그들은 왜 일부러 그걸 만들었니?)

How come you **made** that flower pot?

(넌 어째서 저 화분을 만들었니?)

Desks **were made** to be used by people.

(책상은 사람들에 의해 사용되도록 만들어졌다.)

Kim **will make** a paper boat for his sister.

Kim **is going to make** a paper boat for his sister.

(킴은 그의 여동생을 위해 종이배를 만들어줄 거다.)

Jack **is making** melon cakes this evening.

(잭은 오늘 저녁에 멜론 케이크를 만들 것이다.)

Karl **will not make** his granny a knot.

Karl **is not going to make** his granny a knot.

(칼은 그의 할머니에게 매듭을 만들어주지 않을 거다.)

Won't you **make** a wreath to give to my nephew?

Aren't you **going to make** a wreath to give to my nephew?

(넌 내 조카에게 주려고 화환을 만들지 않을 거니?)

Will Khan **make** the World Free Tour Club?

Is Khan **going to make** the World Free Tour Club?

(칸은 세계 자유 여행 클럽을 **만들거니?**)

Will you **make** Brown a captain?

Are you **going to make** Brown a captain?

(너는 브라운을 주장으로 **만들거니?**)

When **will** he **make** the flower beds?

When **is** he **going to make** the flower beds?

(그는 언제 꽃밭을 **만들거니?**)

Where **will** they **make** the leaflets?

Where **are** they **going to make** the leaflets?

(그들은 어디서 광고 전단지를 **만들거니?**)

Who **will make** it clean?

Who **is going to make** it clean?

(누가 그걸 깨끗하게 **만들거니?**)

What **will** she **make** during summer vacation?

What **is** she **going to make** during summer vacation?

(그녀는 여름방학 동안 무엇을 **만들거니?**)

Why **will** she **make** the foods for the old?

Why **is** she **going to make** the foods for the old?

(그녀는 왜 노인들을 위해 음식을 **만들어줄 거니?**)

How **will** you **make** the tea for the guests?

How **are** you **going to make** the tea for the guests?

(넌 어떻게 손님들을 위해 차를 **만들어줄 거니?**)

The sticks **will be made** for the old by the volunteers.

The sticks **is going to be made** for the old by the volunteers.
(그 지팡이들은 노인들을 위해 자원봉사자들에 의해 **만들어질 거다.**)

Your father **would make** a seat for you.

Your father **was going to make** a seat for you.
(너의 아버지는 너를 위해 자리를 **만들어줄 것이었다.**)

Mary **would not make** the clothes with leather.

Mary **was not going to make** the clothes with leather.
(메리는 그 옷을 가죽으로 **만들지 않을 것이었다.**)

Wouldn't you **make** it for your homework?

Weren't you **going to make** it for your homework?
(넌 너의 숙제를 위해 그것을 **만들지 않을 것이었니?**)

Would the government **make** the scarecrows to the farmers?

Was the government **going to make** the scarecrows to the farmers?
(정부는 농부들에게 허수아비를 **만들어줄 것이었니?**)

Would you **make** your son a bully?

Were you **going to make** your son a bully?
(당신은 당신의 아들을 깡패로 **만들 것이었소?**)

That park **would be made** by the Mayor.

That park **was going to be made** by the Mayor.
(그 공원은 시장에 의해 **만들어질 것이었다.**)

I **have made** suits for 30 years.

(난 30년 동안 정장들을 만들어왔다.)

Ann **has never made** dresses by herself.

(앤은 결코 드레스를 직접 만들어오지 않았다.)

Hasn't she **made** gloves until now?

(그녀는 지금까지 장갑을 만들어오지 않았니?)

Has Tom really **made** TV sets for all his life?

(탐은 정말로 평생 동안 TV 수상기를 만들어왔니?)

Who **has made** framed pictures until now?

(누가 지금까지 액자를 만들어왔니?)

Who **has made** people unhappy for 9 years?

(누가 국민들을 9년 동안 불행하게 만들어왔니?)

What **has** she **made** for her family?

(그녀는 그녀의 가족을 위해 무엇을 만들어왔니?)

Who **have** you **made** the food for?

(넌 누굴 위해 그 음식을 만들어줘 왔니?)

Where **have** you **made** the invention?

(넌 어디서 그 발명품을 만들어왔니?)

Why **has** she **made** candles?

(그녀는 왜 초를 만들어왔니?)

How **have** you **made** such songs?

(너는 어떻게 그런 노래들을 만들어왔니?)

How come he **has made** plastic bags?

(그는 어째서 비닐봉지를 만들어왔니?)

These sweaters **have been made** by Korean housewives for 30 years.

(이 스웨터들은 한국의 주부들에 의해 30년 동안 **만들어져 왔다.**)

The students **had** already **made** the team when I got there.

(내가 거기에 갔을 때 학생들은 이미 팀을 **만들었었다.**)

Jude **hadn't made** the necklace when we came here.

(우리가 여기에 왔었을 때 주는 목걸이를 **만들지 않았었다.**)

Hadn't you **made friends** before you came to Korea?

(넌 한국에 오기 전에 **친구를 사귀지 않았었니?**)

Had the bird **made** the nest as you went to the hill?

(네가 그 언덕에 갔을 때 그 새는 둥지를 **만들었었니?**)

What **had** he **made** with the wood when you met him?

(네가 그를 만났었을 때 그는 나무로 무엇을 **만들었었니?**)

A Christmas tree **had been made** by my older brother as I was about to buy it.

(크리스마스트리는 내가 막 그것을 사려고 했었을 때 나의 형에 의해 **만들어져 있었다.**)

He **will have made** your shoes when you go there tomorrow.

(네가 내일 거기에 갈 때 그는 네 구두를 **만들어놓을 거야.**)

I **will not have made** it by the afternoon.

(난 그것을 오후까지 **만들어놓지 않을 거야.**)

Will you **have made** this by the day after tomorrow?

(너는 이것을 내일모레까지 **만들어놓을 거니?**)

Where **will** they **have made** the plan by this weekend?

(그들은 이번 주말까지 어디서 그 계획을 **만들어놓을** 거니?)

The law **will have been made** by the leaders by the end of this year.

(그 법은 올해 말까지 지도자들에 의해 **만들어놓아질 거다.**)

You **would have made** it if you had wanted to make.

(만일 네가 만들기를 원했더라면 넌 그것을 **만들어놨을** 거다.)

We **would not have made** if they had not brought it.

(만약 그들이 그것을 가져오지 않았었다면 우린 **만들지 못했을** 거다.)

Would she **have made** the artwork without the material?

(그녀는 재료가 없이도 그 작품을 **만들어놨었을까?**)

How **would** they **have made** if they had known it?

(만일 그들이 그것을 알았더라면 그들은 어떻게 **만들어놨었을까?**)

It **would have been made** if you had helped them.

(만약 네가 그들을 도왔었다면 그것은 **만들어졌을** 거다.)

My husband **is making** me happy.

(나의 남편은 나를 행복하게 **만들어주고 있다.**)

He **isn't making** a wooden box.

(그는 나무 상자를 **만들고 있지 않다.**)

Isn't your uncle **making** a snowman for your niece?

(네 삼촌은 네 조카를 위해 눈사람을 **만들고 있지 않니?**)

Is she **making** the picnic lunch?

(그녀는 도시락을 만들고 있니?)

Who **is making** a bunch of flowers for the teacher?

(누가 그 선생님을 위해 꽃다발을 만들고 있니?)

What **is** she **making** in the barn?

(그녀는 헛간에서 무엇을 만들고 있니?)

Where **are** my friends **making** a gift for me?

(나의 친구들은 나를 위해 어디서 선물을 만들고 있을까?)

Why **is** he **making** the bankbooks for us?

(그는 왜 우리를 위해 통장을 만들고 있니?)

How **are** you **making** a bouquet?

(넌 부케를 어떻게 만들고 있니?)

I **was making** a reservation to go to the restaurant.

(난 그 식당에 가려고 예약하고 있었다.)

He **wasn't making** a shelf since then.

(그는 그때 이래 선반을 만들고 있지 않았었다.)

Wasn't she **making** an apron alone?

(그녀는 홀로 앞치마를 만들고 있지 않았니?)

Were you **making** a bookcase at that time?

(넌 그때 책꽂이를 만들고 있었니?)

Who **was making** the curtain at the store?

(누가 가게에서 그 커튼을 만들고 있었니?)

What **was** she **making** until late at night?

(그녀는 밤늦게까지 무엇을 만들고 있었니?)

Where **were** you **making** the folded paper cranes for him?

(넌 그를 위해 어디서 종이학을 **만들고 있었니?**)

When **was** he **making** a shoe rack?

(그는 언제 신발장을 **만들고 있었니?**)

Why **was** Mr. Gilden **making** the invitations?

(길든 씨는 왜 초대장을 **만들고 있었니?**)

How **was** she **making** a kennel?

(그녀는 어떻게 개집을 **만들고 있었니?**)

Our future **were making** by ourselves at the library.

(우리의 미래는 우리 자신들에 의해 도서관에서 **만들어지고 있었다.**)

My grandson **will be making** a new car next year.

(내 손자는 내년에 새로운 자동차를 **만들고 있을 것이다.**)

He **will not be making** wine next year.

(그는 내년에 포도주를 **만들지 않고 있을 것이다.**)

Will you **be making** a bird nest on the mountain next month?

(넌 다음 달에 산에 새 둥지를 **만들고 있을 거니?**)

Won't she **be making** her skirt this evening?

(그녀는 오늘 저녁에 그녀의 치마를 **만들고 있지 않을 거니?**)

Who **will be making** it tonight?

(누가 오늘 밤에 그것을 **만들고 있을까?**)

What **will** she **be making** here after a year?

(그녀는 1년 뒤에 여기서 무엇을 **만들고 있을까?**)

Where **will** they **be making** the ships after 10 years?

(그들은 10년 뒤에 어디서 배들을 **만들고 있을까?**)

New cars **will be being made** by every company next year.
(새로운 차들이 내년에 모든 회사에 의해 **만들어지고 있을 것
이다.**)

That company **has been making** white boards.
(그 회사는 화이트보드를 **만들어오고 있다.**)

They **have not been making** hangers.
(그들은 옷걸이를 **만들어오고 있지 않다.**)

Hasn't she **been making** buttons?
(그녀는 단추를 **만들어오고 있지 않았니?**)

Have you **been making** ping pong tables?
(너희는 탁구대를 **만들어오고 있니?**)

Who **has been making** billiards tables?
(누가 당구대를 **만들어오고 있니?**)

What **have** you **been making** since 2000?
(넌 2000년 이래 무엇을 **만들어오고 있니?**)

Who **have** you **been making** them for?
(넌 누굴 위해서 그들을 **만들어오고 있니?**)

Where **have** you **been making** the goods?
(넌 그 상품을 어디서 **만들어오고 있니?**)

Why **has** she **been making** paper bags at home?
(그녀는 왜 집에서 종이봉투를 **만들어오고 있니?**)

How **have** you **been making** charcoal?

(너는 어떻게 숯을 만들어오고 있니?)

What if he **has not been making** our school uniforms?

(그가 우리의 교복을 만들어오고 있지 않다면 어쩌지?)

The maps **have been being made** by Jack since 1990.

(그 지도들은 1990년 이래 잭에 의해 **만들어져 오고 있다.**)

He **had been making** animated pictures till last year.

(그는 작년까지 애니메이션 그림을 **만들어오고 있었다.**)

She **had not been making** components of computer at the company for years.

(그녀는 수년 동안 회사에서 컴퓨터 부품을 **만들어오고 있지 않았었다.**)

They **will have been making** pizza at that restaurant 10 years later too.

(그들은 10년 뒤에도 역시 그 식당에서 피자를 **만들어오고 있을 것이다.**)

We **would have been making** New York steak if we had studied how to make it in America 10 years ago.

(만약 우리가 10년 전에 미국에서 뉴욕 스테이크 만드는 방법을 배웠다면 우리는 그것을 **만들어오고 있을 것이었다.**)

I **make** my son a toy at home.

(난 집에서 나의 아들에게 장난감을 **만들어준다.**)

Who **makes** babies cookies on their birthdays?

(누가 아기들에게 그들의 생일에 과자를 **만들어주니?**)

What do you **make** for your parents on Parents' day?

(넌 어버이날에 너의 부모님을 위해 무엇을 **만들어드리니?**)

They **make** the members pocket notebooks.

(그들은 회원들에게 수첩을 **만들어준다.**)

The company **doesn't make** Phil a seat.

(그 회사는 필에게 자리를 **만들어주지 않는다.**)

Do you **make** your cousin pies?

(넌 너의 사촌에게 파이를 **만들어주니?**)

The company **made** the inhabitants the new road.

(그 회사는 주민들에게 새로운 길을 **만들어주었다.**)

Sally **will make** her daughter the sweet potato cake.

(샐리는 그녀의 딸에게 고구마 케이크를 **만들어줄 것이다.**)

My senior **is making** the ladies the cakes.

(나의 선배는 숙녀들에게 케이크를 **만들어주고 있다.**)

How **were** you **making** your neighbors laugh?

(넌 어떻게 너의 이웃들을 웃게 **만들어주고 있었니?**)

Where **are** you **making** the foreigners instructions?

(넌 어디서 외국인들에게 설명서를 **만들어주고 있니?**)

Why **is** your aunt **making** the old people rice cakes?

(너의 아줌마는 왜 노인들께 떡을 **만들어주고 있니?**)

They **have made** their grandchildren soaps at home.

(그들은 집에서 그들의 손자들에게 비누를 **만들어준 적이 있다.**)

Can you **make** wedding dresses if you have a chance?

(만일 네가 기회가 있다면 넌 웨딩드레스를 **만들 수 있니?**)

He **can't make** bowls because he doesn't know to make them.

(그는 그릇 만드는 방법을 모르기 때문에 그는 그릇을 **만들 수 없다.**)

I **could make** clocks a few years ago.

(난 몇 년 전에 시계를 **만들 수 있었다.**)

Nuclear weapons **can be made** by a scientist.

(핵무기는 과학자에 의해 **만들어질 수 있다.**)

What **can** you **make** by using this wood?

(넌 이 나무를 사용하여 무엇을 **만들 수 있니?**)

Willy **could have made** a factory if he had had money then.

(윌리는 만일 그가 그때 돈을 가지고 있었다면 공장을 **만들 수 있었을 것이다.**)

I **must make** a ladder to sell them.

(난 그들을 팔기 위해 사다리를 **만들어야만 한다.**)

Must we **make** partitions to divide this space?

(우린 이 공간을 나누기 위해 칸막이를 **만들어야만 하니?**)

You **must not make** a wall though you hate each other.

(너희는 비록 너희가 서로 싫어해도 담을 **만들지 말아야만 한다.**)

The teacher **had to make** a mask to scare students.

(그 선생님은 학생들을 겁주려고 탈을 **만들어야만 했다.**)

Jim **has to make** a stamp at the stationery store.

(짐은 문방구에서 도장을 **만들어야만 한다.**)

Do we **have only to make** this while you do it?

(우리는 네가 그것을 하는 동안 이걸 **만들기만 하면 되니?**)

I **would like to make** you a fan because it's hot.

(날씨가 덥기 때문에 난 너에게 부채를 **만들어주고 싶다.**)

Would you **like** me **to make** a Christmas card?

(넌 내가 크리스마스카드를 **만들기를 원하니?**)

He **would make** Christmas trees for the neighborhood.

(그는 동네를 위해 크리스마스트리를 **만들곤 했다.**)

Farmers **used to make and sell** Kimchi.

(농부들은 김치를 **만들어 팔곤 했다.**)

When I earned money, I **should have made** products.

(내가 돈을 벌었을 때, 난 제품들을 **만들어야만 했었다.**)

Jack **may make** snowballs because he likes throwing.

(잭은 던지는 걸 좋아하기 때문에 눈 뭉치를 **만들지도 몰라.**)

Anna **may well make** food for her children.

(애나가 그녀의 아이들을 위해 음식을 **만드는 건 당연하다.**)

You **had better make** tea.

(네가 차를 **만드는 것이 더 좋다.**)

Everyone wants **to make** delicious sandwiches.

(모두 맛있는 샌드위치 **만들기를** 원한다.)

I want you **to make** the medicine for me.

(난 네가 나를 위해 그 약을 **만들기** 원한다.)

Nick wanted her **not to make** Kimchi.

(닉은 그녀가 김치를 **만들지 않기** 원했다.)

We came here **to make** the roof of this house.

(우리는 이 집의 지붕을 **만들기 위해** 여기 왔다.)

Did you buy the wood **to make** the fence?

(넌 울타리를 **만들** 나무를 샀니?)

They're happy **to make** sugar from the maple trees.

(그들은 단풍나무로부터 설탕을 **만들어서** 기쁘다.)

It's not difficult **to make** an ad.

(광고를 **만드는 것**은 어렵지 않다.)

I think **it** is easy **to make** them.

(난 그들을 **만드는 것**이 쉽다고 생각한다.)

Did you want it **to be made** in Korea?

(너희는 그것이 한국에서 **만들어지길** 원했었니?)

We saw the chocolate **being made**.

(우린 초콜릿이 **만들어지는 것**을 보았다.)

She looked out the window, **making** the sweater.

(그녀는 스웨터를 **만들면서**, 창밖을 보았다.)

I threw the ball **made** in China.

(난 중국에서 **만들어진** 그 공을 던졌다.)

This pencil **is made** in America.

(이 연필은 미국에서 **만들어진다.**)

That ball point pen **was made** in Japan.

(저 볼펜은 일본에서 **만들어졌다.**)

The backpacks **will be made** by an English.

(그 배낭들은 한 영국인에 의해 **만들어질 것이다.**)

We need a closet which **is made of** pine tree.

(우리는 소나무로 **만들어진** 옷장이 필요하다.)

I want the pillow **made** by my wife, filled with pine.

(난 내 아내에 의해 **만들어진** 솔잎이 채워진 베개를 원해.)

They receive orders, **having made** one thousand beds.

(그들은 천 개의 침대들을 **만들어놓은 채**, 주문을 받는다.)

Make sure you lock the door.

(문을 **꼭 잠가라.**)

Does this **make sense**?

(이게 **이치에 맞니?**)

He pointed out all kinds of cars - different **makes**, models and years.

(그는 모든 종류의 차들을 가리켰다 - 다양한 **제품들**, 모델들 과 연도들.)

성낙영

인천 출신으로 동국대학교와 중앙대학교 신문방송대학원 그리고 싱가포르국립
대학교에서 공부했다.
방송사에서 라디오 프로듀서를 했으며, 19년째 학생들에게 영어 가르치는 것을
직업으로 삼고 있다.

2004년 『락영어』
2013년 『불운을 행운으로 바꿔준 팔봉산』
2015년 『밥송 영어: 팝송으로 배우는 맛있는 영어 밥송영어』
　　　　『쏘옥 영문법』
2016년 『도전을 위한 서곡』
　　　　『동네마트 창업: 하루 매출 5천만 원』
2017년 『소중한 그대와 나누고픈 이야기』
　　　　『달빛 품은 백일홍』
2018년 『이러려고 중국어 배웠다』
　　　　『될 일은 된다』

**나는
인내심 강한
영어선생님입니다**

초판인쇄　2020년 12월 31일
초판발행　2020년 12월 31일

지은이　성낙영
펴낸이　채종준
펴낸곳　한국학술정보㈜
주소　경기도 파주시 회동길 230(문발동)
전화　031) 908-3181(대표)
팩스　031) 908-3189
홈페이지　http://ebook.kstudy.com
전자우편　출판사업부　publish@kstudy.com
등록　제일산-115호(2000. 6. 19)

ISBN　979-11-6603-267-7　03810